「英雄」解体

小山恭平
Kyohei Oyama

Illustration 風乃

講談社BOX

contents

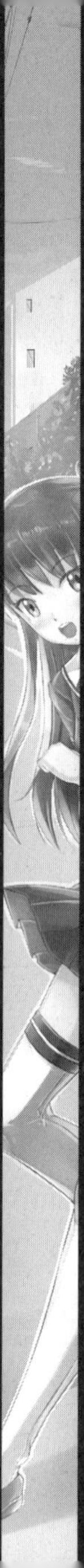

ブックデザイン＝坂野公一(welle design)

一話
退役英雄

1

「飛鳥《ひちょう》尽きて良弓《りょうきゅう》蔵《かく》れ、狡兎《こうと》死して走狗《そうく》――」

あれ、続きは何だっけ、と山田《やまだ》烏鷺《うろ》は首を傾げる。兎《うさぎ》がいなくなると、狗《いぬ》はどうなるんだっけ？

ニコチン吸えば思い出すかな、と最近お気に入りのベネズエラ産のたばこを取り出す。

「ここは禁煙ですよ」

嫌味な眼鏡《めがね》にピンッと指ではじかれ、口にくわえた心の糧《かて》は部屋の隅に転がった。

「ひどいことをする眼鏡だね」

「ひどいのはあなたのモラルだ」

「嫌味な眼鏡だ」

「眼鏡はみんな嫌味です」

「さすがにそこまで言う気はないよ」烏鷺は寂しい口元を触りながら、モニターへ目をやった。

映し出されているのはここの向かいの部屋だ。四方の壁と天井は病的なくらいに真っ白なのに、床は異様な紋様に埋めつくされている。悪魔崇拝のカルトが儀式に使いそうな部屋だが、そこにおいでになるのは、悪魔とは遠く遠く離れた存在だ。

「そろそろ来るようです」

「そうだね」

カタカタとキーボードを叩《たた》き出《だ》す眼鏡。それに合わせ、床の紋様が歪《ゆが》む。ゆらゆら揺れる線の上から黒カビのような何かが産み出され、宙空に集まっていく。

「集約成功！　転移開始十秒前！　九！　八！」

「いつ見てもわざとらしいよね。そんなに声張り上げる必要あるの？」

「烏鷺さんがうるさいこと以外は順調です！　よし！　開きます！」

黒い固まりの中央に光が灯る。光は次第に拡大し、黒は光にのまれた。

「射出行きます！」

よく通る眼鏡の声がうっとうしくて、烏鷺は耳をふさいだ。この神々しい瞬間を誰にも邪魔されたくなかった。

白い光がモニターを覆う。強いのに、見る者の目を痛めない不思議な光だ。

「成功です！」

光が消えると、モニター上の部屋には一人の少女が出現していた。

赤い衣服、長い黒髪、強い意志と少しの弱さを宿した目――壮麗な少女だ。きっとジャンヌ・

ダルクもこういう少女だったのだろうな、と烏鷺は思った。

「私の役目は終わりました」眼鏡は眼鏡をつけたまま眉根《まゆね》を揉《も》む。「次はあなただ。どうか彼女をこの世界になじませてあげてください」

真剣な声。ここ半年間、彼女をこの世界に呼び戻すのに尽力した彼は、きっと親のような気分になっているのだろう。眼鏡は少し、感情移入しすぎる。

「はいはい、了解したよ。仕事だからね」

モニタリングルームを出て烏鷺は少女の出現した部屋へと向かう。

「あ、そうだ」

唐突に、烏鷺はあの言葉の続きを思い出す。

「狡兎死して――――走狗烹《に》らる、だ」

意味は、そう、

――用済みになった英雄は、死ね。

「そうならないように僕らがいるんだけどね」などと呟《つぶや》きながら、烏鷺はその部屋の扉を開く。

2

烏鷺の姿を目にしたとたん、少女は目つきを鋭くし、臨戦態勢をとった。完全に敵扱いだ。

まあ、だいたい合ってる、と烏鷺は思う。

「こんにちは。どうか落ち着いて」

そう言うと、少女は目を見開いた。言葉の内容に驚いたわけではないだろう。烏鷺が日本語を——地球の言葉を——発したことに驚愕《きょうがく》したのだ。

「君、日本語覚えてる？」

「おっぼえて、ますけど……」少女は不審そうに目を眇《すが》め、頷《うなず》く。

「ああよかった。君が異世界に召還されたのは八歳ごろって聞いてたから心配してたんだけど、母国語って忘れないものだね」

「いやいや一人で納得しないでほしいんですけどねえ……なーんであなたは日本語を話せるんですか」

「なぜ、って」烏鷺は言う。「ここ、日本だし」

「…………！　んなまさか！」

「まさかって言われても本当のことだからなあ。異世界の救済ご苦労様でした。役目を終えたようだから君を地球に呼び戻した。凱旋《がいせん》、ってやつ？」

「馬鹿《ばか》なこと言わないでくださいよ！　わたしには向こうでやることがまだいっぱい！　あれとかこれとかあれとか……たとえば、あれとか……」

「いや、もうないよ」いきり立つ彼女に、烏鷺は静かに首を振った。「英雄は、乱世が終われば用済みだ。あのまま向こうにいたら君は殺されていた。平和な世界に英雄って邪魔なだけだからね」

「………………！　うりゃッ！」

元英雄はそれ以上言葉を重ねることはなかった。拳《こぶし》を握り、烏鷺に向かって飛びかかる。英雄だったころの彼女なら、烏鷺を組み伏せることぐらい造作もなかっただろう。何せ、英雄なのだから。だが——

「えいや」

「あうっ⁉」

烏鷺はその腕をとり、彼女を壁に押しつける。

「もう君に、あの力はないよ。あれは『英雄』という肩書に与えられた力だ。君のものじゃない」

烏鷺はにっこり微笑み、そして言う。

「君は今日から一般人だ。ようこそ、普通の世界へ」

3

きっかけとなったのは、十五世紀のフランスで起こったある乙女の出現だ。

当時死に体だったフランスを、一人の乙女がよみがえらせた。

へんぴな田舎から出てきた乙女ジャンヌ・ダルク《ジャンヌ・ラ・ピュセル》は王太子に軍を任され、わずか十日で敵を国から追い出した。

乙女は戦後魔女の汚名を着せられ処刑されるが、彼女の成した奇跡の逸話は今日にまで生き続けている。

おとぎ話のような英雄譚《えいゆうたん》。それはフィクションだろう、と誰もが疑う夢のようなノンフィクション。

誰もが知りたがった。

——ジャンヌはいったい何者なのか。

聖女か魔女か、それともただの少女だったのか。

特に戦中ジャンヌとくつわを並べたフランス元帥ジル・ド・レは、共に歩んだ乙女の正体に並々ならぬ興味を抱いた。

彼は私財を投じて調査隊を結成し、聖なる乙女の生地へ向かわせた。村人たちは気さくだったが、なぜかジャンヌの話題になると頑《かたく》なに口を閉ざし、矛盾だらけの逸話を語ってお茶を濁した。

それでも執念深く調査を続けた結果、ジャンヌの幼年時代をよく知る古老の一人がついに真実を語った。

『ジャンヌは幼いころ、空中にあいた穴から出てきたんだ』

『その穴の向こうには、別の世界があるようだった』

調査隊は困惑したが、ひとまずこの老人の証言を真実だと仮定し、長きにわたって調査を続け——以下の事実が明らかとなった。

世界はこの地球のほかにもあまた存在し、それらの世界は人材をやり取りしている。

ある世界の歴史が間違って進もうとしているとき、そしてその世界にはそれを修正できそうな人材がいないとき、世界はほかの世界から適任者を譲り受ける。

たいていは見目麗しい——またはおぞましいほど醜い——少年少女。世界は彼らを幼いうちに呼び込み、その世界に慣れさせる。そしてちょうどいい頃合いに英雄としての力を与え——

世界を救済させる。

ジャンヌはほかの世界から来た人材だったし、地球もしばしほかの世界へと人材を輸出している。

世界は間違いを正してもらえるし、英雄は英雄として尊敬されるしで、この関係は一見するとＷｉｎ－Ｗｉｎだ――それで終われればの話だが。

しかしジャンヌがそうであったように、用済みになった英雄はたいてい、殺されてしまう。

平和になった世界に強大な個人は必要ないのだ。

用済みの英雄たちを、なんとか救うことはできないだろうか。偉業を成した人間が非業《ひごう》の最期を遂げるなど、あってはならないことだ――その願いとともに設立されたのが、烏鷺たちの所属する『退役英雄日常回帰補助機関』だ。

その主な業務は二つ。

地球に来た異世界からの英雄を、速やかに元の世界に返還すること。

――そして地球出身の英雄を呼び戻し、日常に戻る手伝いをすること。

4

「というわけで、君の担当官の山田烏鷺です。これから君が日常に戻るための補助をさせてもらいます。よろしく」

握手を求めて手を差し出すが、華麗にスルーされた。

元英雄は烏鷺のほうには目もくれず黙々と食事を続ける。さすがに箸《はし》の使い方は忘れてしまっているようで、握り箸に刺し箸寄せ箸、いろいろやらかしているが、まあ、あとで教えてやればいい。

平屋ながら瀟洒《しょうしゃ》な一軒家。その食卓で元英雄としがない男が対座している。なんかシュールな光景だね、などと考えながら烏鷺は説明を続ける。

「山田カロン、それが君の新しい名前。年齢は地球換算で十七歳。しばらくは僕の妹という設定で生活してもらいます。この家は好きに使っていいけど、貸すだけだから壊さないように。僕は隣の家に住んでるから、必要に応じて呼び出して」

異世界から帰還してきた元英雄は担当官と共に生活しながら、言語や数字、そして地球という世界の在り方を勉強するのだ。

　カロンの研修地には青森県の、海に近い田舎町が割り当てられた。人の密集している都会では破天荒な元英雄は浮いてしまうし、それにカロンが元いた異世界は非常に自然の多い場所だったので、それらを加味して選定されたのだ。

「何か、これだけは欲しいってものはあるかな？　限度はあるけど融通するよ」

「………………」

「ま、話したくないならそれでいいけど、僕の話は聞いとくように――ってこら、瓶をあけるときは栓抜き使って。ほらこれ」

　栓抜きを差し出すが、カロンは目もくれない。指で栓をあけようと奮闘中。アホなのだろうか。いや、そうか――

「いちおう、言っておくけど」烏鷺は言う。「女の子の力じゃあ、指で栓はあけられないよ。英雄だったころの君ならともかく、こっちの世界じゃ普通の子だからね、君は」

「なーんでダメだってわかるぅ!!」

「あ、やっと口きいたな。なぜって、そうなってるから。その瓶の栓を指であけるのに必要な握力はおよそ八十四キロ。細い女の子には出せっこない」

　しごくまっとうなことを言ったつもりだったが、カロンは軽蔑《けいべつ》の目を烏鷺に向けてくる。腹立つ顔だが、我慢。

「あなたのようなやからはどこにでもいますよねぇ。自分は何もしないくせに、誰かが挑戦しようとすると、それは無理だって笑うんです。こっちが笑っちゃいますね、その態度」

「そう、なら続けてみなよ」

「言われるまでもない、っつー……！」

ふぐぐ……、と挑戦を続けるカロンを横目に、鳥鷺はたばこに火をつける。漂う紫煙《しえん》に視界がおぼろになるが、頭は逆にクリアになった。

さあて、このアホの子をどうしますか、と今後に思いを馳《は》せる。

帰ってきたばかりのカロンはまだ、この地球という世界がどういうものかわかっていない。

ここは、厳密な論理の世界だ。

——斉一性原理および帰納法的世界。

世界観ががっちがちに固まっている、それが地球。

地球において、人の出せる力は筋肉の量と骨格に応じる。それ以上は、絶対に出ない。その辺のゆるい異世界では人の意志の力で現実が変動するので、元英雄は地球の窮屈さにしばし戸惑う。

どうしてこんなに願っているのに真の力に目覚めないのか、どうしてこんなに勝つ理由があるのに奇跡が起こらないのか、と。

ましてや、カロンはほかの世界で大英雄だったのだ。人を遥《はる》か凌駕《りょうが》する力を持っていたのに、いきなりあなたは普通の子です、むしろちょっとアホの子です、なんて言われたって受け入れられるはずもないだろう。

たばこを次々吸いながら、烏鷺は今後の指導方針を考える。

あ、そうだ、とさっそく閃《ひらめ》く。一週間後にうってつけのイベントがある。

5

「なーんでわたしがこんなならんちき騒ぎに加わらなくちゃいけないんですか！」

「失礼な言い方だな。健全な催しだよこれは」

近所の大学のグラウンドで開催された地域の体育祭に、二人は参加していた。快晴の空、はためく万国旗、レジャーシートを広げる家族連れ——これ以上に健全なイベントがこの世にあるだろうか。

あたりにうごめく元気そうな壮年男女の中で、スパッツ姿の元英雄は戸惑いきょどっているが、まあこれも社会勉強だ。しかしスパッツ似合うなこいつ、とそっと写真を一枚。眼鏡あたりに売りつけよう。

「ええと、この後すぐの成人女性五十メートル走にエントリーしといたから、がんばってね。列はあっち」

「だからぁ！　何でわたしがこんなぁ！　民衆たちとぉ！」

「いや、君も民衆だし」

「違いますぅぅ。あなたは知らないでしょうけど、わたし年三くらいで演説とかしちゃう人間ですから。上に立つ人間なんです！」

「だから、それは昔の話だってば。——ちなみに関係ないけど昨日のうちに高級いわて牛を取り寄せておいたよ。塩胡椒《しおこしょう》パラつかせてレアで焼いたら美味しいだろうなぁ」

「このわたしを食べ物で釣る気ですかふざけやがって侮辱しやがって大正解ですよちくしょう！やってやらぁ！」

「そうと決まればほらいったいった。ちゃんと準備運動しなよ。わき腹痛くなるから」

背中をぐいぐい押して、とにかくスタート地点の列に並ばせる。ふう、アホを釣るにはやっぱ餌《えさ》だね、と烏鷺は額の汗を拭《ぬぐ》いながら観覧席へ。

パン！　パン！　と次々銃声が鳴り、列が進む。カロンは出走が近くなっても屈伸の一つもせずに、念入りに準備運動をする周囲を見回していた。何でこいつら妙な動きを繰り返してるのか、と言わんばかりだ。

まあ、準備という概念がわからないのも無理はない。英雄はいきなり運動してもわき腹が痛くなったり靭帯《じんたい》が切れたりしない。どんなときでも無条件でパワー全開なのだ。

だが、彼女はもう英雄ではない。カロンはこれからそれを思い知ることになるだろう。人体がどれほどめんどいものなのか、身をもって実感するがいい。

「しっかし……」

あれほどブラをつけろと言ったのだが、背中を触った感じはノーブラだった。完全にスポーツ舐《な》めてやがる、と烏鷺は思う。

『位置について――』

カロンは見よう見まねでいちおうスタートの体勢をとる。

『ヨーイ』

しかしまったく用意はできていない。

パン！

一拍遅れて、元英雄は走り出す。最初の一歩を踏み出したとき、カロンはまだ飄々《ひょうひょう》としていた。なんだこの程度、と。しかし一歩二歩と進むうち、その表情がどんどん歪む。

かつてなら一瞬で駆け抜けることのできた距離。たったの五十メートルが、あまりに長い。

驚愕の目、苦悶《くもん》の口元。

すらりと長い両の脚を必死に交互に動かすが、左右のちょっと太めのおばちゃんたちをぶっちぎることができない。

カロンの順位は二位だった。六人中の二位である。ごく一般的なおばちゃんたちの中での二位である。

「あっはっは」

烏鷺は笑う。わき腹を押さえて苦しそうにしている美女の姿がおもしろくて仕方がなかった。これでたばこを吸えれば最高だったのだが、と寂しい口元を触る。

肩をいからせこちらに接近してくるカロン。

「あ……あなた（ぜえぜえ……）、いったい（はあはあ……）、わたしになに、を……！（ふうふう……）」

「何って、何も？」

「うそですぅ！　だったらこのお腹の痛みは何です！　わたしが寝ている間に何をしましたか正直に白状せぃッ！」

「いろいろ誤解を招くから、もうちょっと声下げようか」ご近所で噂《うわさ》になったらどうする。「ええと、まずそのわき腹の痛みに関しては君の準備運動不足が原因です。ちなみになぜ痛くなるかというと、そこには脾臓《ひぞう》という臓器があってだね、その臓器には血液を蓄える機能があるんだけど、急に運動すると——」

「なーにをわけのわからないことぉお！　何の呪《のろ》いをかけたか白状しろって言ってんですよこっちはぁ！」聞くお耳がないようだった。

呪い、ねえ。そんなものがこの世界にあるとカロンは本気で信じているのだ。

「呪いなんてないよ。この世界にあるのは理屈と現象だけだ」

「はあ？　呪いがないなんて、そんなわけ……だったら、どうしてわたしの運動能力はあんなに低下してるってんですか！　わたしの足がどれほど速いか知ってます？　国一と呼ばれた愛馬に乗るより走ったほうが速かったくらいなんですよ？」

「馬がかわいそうだなあ……」烏鷺は言う。「だから何度も言ってるけど、昔の君の力は『英雄』という肩書に与えられた力で、世界から借りていただけ。本来の君の体が出せる力は、今のとおり」

「そんな！　だって、あんな人たちにも劣るなんて、そんなわけ……あるわけないじゃないですか！」

「あるわけなくても、それが現実」

聞き分けのない元英雄に、烏鷺はストップウォッチを印籠《いんろう》のように見せつける。

「今の君のタイムは八・七五秒。スタートダッシュに失敗したけど、その歳の平均値よりは速い。そこそこ、運動はできるんだね。まあそこそこ。あははは――うぐっ……」ビンタされ、烏鷺はよろけた。

「ひどいことをするね」と睨《にら》みつける。

「あなたがひどいことばっかりするからでしょう！　人の体好き放題いじくりまわしたくせにしらばっくれて馬鹿にして、しまいにゃ人をそこそこ呼ばわりってふざけてんですかあなた！ビンタぐらいいじゃ生ぬるいです！　歯ぁ食いしばっ――……………」

と、カロンは唐突に地に膝《ひざ》をついた。ひー……ひー……と浅い呼吸を繰り返し、つり上げられた魚のように口をぱくぱくしている。

息も整わないうちに叫びすぎたせいで、過呼吸の状態に陥ったようだ。精神的な疲労も要因の一つだろう。

「大丈夫だよ」烏鷺はそっとカロンの口元にハンカチを当てる。「ゆっくり呼吸して、大丈夫だから」

背中をさすり、大丈夫だよ、と繰り返す。気丈にふるまってはいたが、ずっと不安だったのだろう。当たり前だ、まったく別種の世界に勝手に引き戻されたのだから。

カロンは涙の浮いた目を烏鷺に向ける。どうにかしてくれ、とすがりつく。英雄のときにはあり得なかった身体異常がよっぽどこたえているようだ。

カロンはそれから三日ほど、ひどい熱を出して寝込んだ。精神の均衡が崩れると、肉体も壊れる。

「なんてもろい体……なんて……」とうわごとを繰り返すカロンのそばで、烏鷺はずっと水《みず》枕《まくら》を取り替えていた。

「大丈夫だよ」と烏鷺は何度もカロンの頭を撫《な》でた。

烏鷺の心の半分は、純粋にカロンを心配していた。

もう半分は、今そばにいれば信頼してもらえるだろうな、と打算を働かせていた。

6

身長　百七十六センチ
体重　五十四キロ
五十メートル走　八・五二秒（はかり直した）
ハンドボール投げ　十五メートル
握力　二十九キロ
反復横飛び　四十二回

上体起こし　十六回

烏鷺は自宅一階のベランダでぷかぷかたばこをふかしながら、カロンの身体・体力測定の結果を眺めていた。

「ちょっとだけ身体能力の高い、普通の女の子だね」

最初は呪いだなんだと喚いて烏鷺をなじったカロンも、最近はその現実を受け入れ始めている。自分には特別な力などないことを。

カロンが何かするたびいちいち数字を見せたのが効果的だったようだ。

計測と、比較。

全能感を持つ者から自信をはぎ取るのに、これほど有効な方法はない。何しろ数字はごまかしがきかないし、勝負の場では相対的に自分の位置を思い知らされる。

「ここまではマニュアルどおりかな。――っと」

プルルと携帯が鳴る。発信者は、見るまでもなかった。

「はい。何？」

『烏鷺、お腹が空いたんですけど』

「そう。お腹が空いたんだね。それはそれは。いちいち報告しなくてもいいんだよ」そう言って通話を切ると、すぐに再コールがかかる。

『烏鷺……お腹が空いたんですってば』

「だから、いちいち報告しなくていいって」

『つくりに来てくださいって言ってるんですぅぅ！』

「あ、うん。最初からそう言えばいいのに」

『いえ、烏鷺は最初からわかってました！　わたしをからかってるんです！』

烏鷺は通話を切り、口にくわえていた一本を吸い終わると自宅を出た。

街灯の少ない道は真っ暗闇《まくらやみ》で、星がよく見えそうだったが、特にお空に興味はない。遠い遠い星よりも、たばこのほうが価値がある。

おもりの前にもう一本、と昨日試しに買ったミント系のたばこに火をつける。ぽう、と灯る光に周囲が照らされ、ひび割れだらけの道路が見える。

「順調、かな」

カロンを一般人にする計画は、今のところ滞りなく進んでいる。カロンは今、やたらと烏鷺を呼びつけわがまま放題しているが、これも計画どおりだ。わがままを言ってそばに置こうとするのは、烏鷺のことを『移行対象』とみなし始めた証拠だ。

少年少女の成長には、強い不安がつきまとう。だから子供はその不安を紛らわすため、お気に入りのシーツやぬいぐるみをそばに置く。このような、子供たちが寄る辺とするものを移行対象と言う。

英雄にとっての移行対象とは、自らの圧倒的な力だ。体に纏《まと》う力こそ、彼らの不安を解消し、成長を補助する絶対的なパートナーなのだ。

あどけない少年少女も、伝説の剣を手にとり、精霊の加護を受ければ、その瞬間に英雄だ。神秘の力に包まれて、その中で擬似的に大人へと成長する。

圧倒的な移行対象は、精神を守るのみでなく、引き伸ばすことさえする。

だが、英雄は元英雄となり、力という移行対象を失った。自分がもうただの一般人だと実感するたび元英雄は不安になる。あの力はもうない。じゃあ、次は何が自分を守ってくれるのだろう、と。

そんな元英雄たちの新たな移行対象となるのが、担当官の役目の一つだ。

つまり、担当官とは――

「なーにたばこ吸っていますか！」

後ろからドンと体当たりされ、烏鷺はよろけた。振り返ると、恨めしそうにこちらを睨むカロンの姿。

「おっそいなあと思って呼びに出たらのんきにぷーかぷかたばこ吸っててもーご立腹ですよわ

たし！　わたしのご飯とたばことどっちが大事なんで——あーいえいえ答えなくてもいいですよー。どうせ氷みたいな口調で『たばこ』って答えるんでしょう？　はいはい、おちゃめさんですねー。さ、早く来てください！」

腕をぐいと引っ張られ、カロン宅まで連行される。

「さ、さ！　これを身につけるんです！　わたし専属のあなたに買ってあげましたよ！」

体に結びつけられたのは、ひまわり柄のエプロンだった。

「ふっふん。こんなに明るいエプロンつければ、その冷たい態度も少しは改善されるでしょうねえ」

「これはどうも。でもせっかくの支給金をこんなものに使わなくてもいいんだよ。もっと、本とかCDとか」

「こんなものってちょっと……！　——いえ、怒っても無駄でしょうね。ふん……まあ腹に据えかねる態度ではありますが、美味しいお肉を焼いてくれたらチャラにします！　さあちゃっちゃと焼いちゃってください！」

「あー、そのことなんだけど」

にーく、にーく、とコールしてくるたいへんうざい元英雄に、烏鷺は一枚の紙を突きつけた。

「？　何ですかこれは？」

「この間の健康診断の結果。ほら、血とか抜かれてたでしょ？　検査の結果、君の血液は異常なコレステロール値を叩き出しました」

「それは、つまりどういうことですか？」

「立派な、高脂血症です。血液が肉の脂でどろどろってこと。このままじゃ病気になる。——今日から魚と野菜しか出さないよ」

無情な宣告に、どんな敵も恐れなかった元英雄は「ひぃっ……」と悲鳴を漏らした。

「しかしほんとにひどい数値だなあ……。コンビニとかで全力で買い食いしてたなこれ。……いやまて、何でγ《ガンマ》値までちょっとおかしいんだ。——まさかとは思うけど、酒、飲んでない？」

その瞬間に、カロンの視線がシンクの上の戸棚に泳いだのを、烏鷺は見逃さなかった。

「ここだな」

「あ、だめです……！」

制止を振り切り戸棚を開く。

カラコロガコンと落下してくる空き缶空き瓶は、すべてアルコール飲料のものだった。カロンの顔が青ざめる。

「あぁ～……いやこれ、ええと、これはぁ……ですねえ、ええとぉ……」

「未成年が、よくもまあこんな」

ビール日本酒甲類焼酎《こうるいしょうちゅう》。どこの酒屋が売ったんだろう、と烏鷺は田舎のモラルのなさに嘆息した。

「だ、だってですね！　わたし向こうの世界じゃうわばみでならしておりまして！　ええ、飲み比べ食べ比べで負けたことなんて一度もありません！」

「だから、ね」

すでに何百回とした説明を、今一度行う。

「その食に関する能力も、君のものじゃない。『英雄』は豪胆だからたくさん食べられるし、英雄は生活習慣病にかかったりしないから、それでも異常は出ない。

――でも、ここでは違う。この地球という世界では、どんな人物だろうと、自分がしたことの結果に向き合わなくてはいけない。リターンからは逃れられない世界なんだよ。怠惰な生活をすれば太るし、今君がそうであるように健康に害が出る。君はもう一般人だ」

烏鷺に気圧され、カロンはじわじわ引いていく。相手がモンスターなら飛びかかって倒してやるのに、と言わんばかりの表情をしているが、残念ながら現実という怪物は倒せない。選択できるコマンドは、『向き合う』と『逃避』の二つだけ。

「な、何ですかいったい！　だって、わたしはみんなから尊敬される存在で！　こんな小さいことといちいち考えてられないんです！」

カロンは叫ぶ。どうやら逃避を選んだらしい。

「あーだうーだ言って、数字ばっかり見せて！　そんなにわたしをいじめたいんですね！　もーいいですよ、そんなにわたしが嫌いなら――」

「違う」カロンの小さい顔を両手で包む。「押しつけがましいと感じるかもしれないけれど、僕は君の体が心配だからやってる。このままじゃあ君は、ぶくぶく太って醜くなって病気になってみじめに死ぬ。今まで何人の元英雄が地球に適応できずにひどい最期を遂げたか――」

「あ、ええと……鳥鷺、ご、ごめんな――あうッ」

「せっかく綺麗《きれい》な肌なのに、ほらにきび。それに全体的に脂っぽい」両の親指でカロンの肌を撫でる。「白目は……ああ、大丈夫だね」

「あああああの、鳥鷺……」

「うーん、でもちょっと不健康かな。リンパは――」

そうっと両手を耳の後ろに持っていき、首のわきまで下ろす。

「う、ろ……」

カロンは息を止め、ぷるぷる震える。初めての感覚が何が何だかわからず、混乱しているようだ。頬《ほお》に朱《しゅ》のさすカロンと対照的に、鳥鷺の心は冷えていた。自分の行為の効果を自覚し、観察している。

担当官とは、要するに詐欺師だ。

不安で不安で仕方のない相手の心につけ込み、思うように動かす極悪人だ。

いやジゴロかな、と烏鷺は胸の奥で自嘲《じちょう》の笑みを浮かべた。

7

魚と野菜の健康的な料理をつくって、烏鷺はカロン宅を後にした。自宅に入る前にたばこに火をつけ一服。

「怖いくらいだ」ぽつり呟く。

あまりに順調すぎる。たしかに健康診断の結果は芳しくなかったが、若いからリカバリーはきくだろう。カロンに現実の厳しさを実感させることができたと思えば安いもの。今まで担当してきた元英雄はこの時期ストレスがピークになって、もっと過激な問題を起こしたものだ。

「英雄としての格が高いからかな」

カロンは今まで烏鷺の担当してきた元英雄たちの中でも特に格の高い英雄だ。だから、逆に扱いやすいのかもしれない。

異世界を救った存在を烏鷺たちは一様に『英雄』と呼ぶが、英雄にもいろいろある。

退役英雄日常回帰補助機関では、民話学に倣《なら》い、英雄を4タイプに分類している。

先頭に立ち、冒険や戦争を主導する『主人公』。

その補助を行う『助力者』。

主人公たちに武器や移動手段をわたす『贈与者』。

主人公たちの旅の目的となる存在『マクガフィン』。

今まで烏鷺が担当してきたのは主に『贈与者』『助力者』タイプの元英雄たちで、カロンは初めての『主人公』だった。一般的に、『主人公』は人格が苛烈《かれつ》で扱いにくいとされている。しかしカロンには情もあるし、地球的な道徳の観念もまったく消えていない。ちょっとアホで空気が読めないけれど、あれは普通の子だ。

「簡単な仕事だね」

烏鷺はたばこを携帯灰皿に押し込み、自宅のドアを――開けた瞬間に、異変に気づいた。

バスルームからシャワーの音が聞こえる。水を出しっぱなしにした覚えはないし、そもそも今日はまだシャワーを浴びていない。

「――――」

腰から炭素鋼のナイフを引き抜き迅速に駆ける。扉を開き、脱衣所へ。そしてバスルームの扉を――「はぁい♪」

「………………」

見慣れた女性の顔が扉の隙間《すきま》から出てきて、烏鷺は動きを止めた。姿勢を正し、頭を下げる。

「お久しぶりです。行方不明だと聞いていたけど」

「旅行に出ていただけよ。誰にも行方を告げずにね」

「それを世間では失踪《しっそう》と言うね。で、なにしにここへ？」

あら、と心外そうに彼女は言う。

「おちびちゃんが仕事をしてると聞いたから、泊まりにきてあげたのよ」

「押しつけがましいね」

鍵《かぎ》はどうしたのだろう。ピッキングできる鍵穴ではないのだが――考えても無駄なことなので、考えないことにした。

濡《ぬ》れた金髪のはりつく裸の肩。うっすらとバスルームの扉に浮かぶ体は彫刻のように美しく、無駄がない。

もう四十は過ぎているはずなのだが、この化け物には年齢など関係ないのだろう。退役英雄日常回帰補助機関日本支部顧問、通称アリス。

「本当に、遊びにきただけ？」烏鷺は目を眇める。

「そうね、主たる理由はそれだけど――」

おいでおいでをされたので、烏鷺は素直に近づく。命の危険を感じたが、この人に逆らうことはできない。見開いた碧《あお》い目でアリスは烏鷺を見据える。

「烏鷺、死ぬぞお前」

男のように低い声音で、烏鷺は死を宣告された。

「へえ。いつからアリスは占い師に転職したのかな?」

「我々など、皆占い師のようなものだ。ありもしない未来をあるといい、自分の言うとおりにすれば幸せになれると相手に刷り込む。

――烏鷺、お前英雄を甘く見てはいけないよ」

「カロンのことを言ってるの? そう危険な相手とも思えないけど」

「いや、あの子は適応力が高いだけだ。この世界に来た瞬間に適応し人好きのする人格をつくったんだ。

彼女は今までお前が担当してきた海千山千のモドキとは違う。正真正銘の英雄だ。ある世界の不安を打破し、新たな秩序をもたらした者。同じ生き物だと思わないほうがいい」

「カロンは英雄だった存在であって、もう英雄じゃない。力はないんだから、もう一般人だよ」

「そうねえ」困ったように笑いながら、アリスは声音と口調を戻した。「もう力はない。でもね、

『英雄』はそう簡単に消えはしない。烏鷺、あなた猫を飼ったことはある？」

「ないけど」

「猫はね、とても人になつきやすい。かわいがればとにかく人に甘えるようになる。かわいく、かわいく。——でも、突然野生に帰る瞬間がある」

「…………」

「たった今まで膝でくつろいでいた猫が、突然飼い主に襲いかかるの。息を潜めていた『野生』が時たまよみがえるんですって」

アリスはそう言うと、ガラッと扉を開け堂々と裸体をさらした。照れた少女のように体を隠しているより、そうしているほうがよほど彼女らしい、と烏鷺は思った。

「気をつけなさい。『英雄』はどんなところでも消えないのだから」

だから、英雄というのよ。

8

「烏鷺、おかしいですねえ。わたしはあなたにラーメンをおごっていただけると聞いて出てきたわけですが。わけですが！　どうして段ボールを運んでいるんですかねえ！　わたしの聞き間違いですかねえ！」

「聞き間違い？　違うよ、僕が嘘をついただけだ」

「んなことわかってるんですけどねえ！」

重たい段ボールを籠《かご》に入れ、烏鷺とカロンは夜道を自転車で並走していた。カロンは三日前に自転車の乗り方を覚えたばかりなのだが、危なげなくついいてくる。運動神経はいいらしい。

「さ、ついたよ」烏鷺は自転車を止めた。

そこは市営団地の敷地で、五階建てのぼろっちい建造物が幾多もそびえ立っていた。

「烏鷺、ここに敵が？」

「いないね」一蹴《いっしゅう》し、烏鷺は段ボールを開いた。「今日はこれを配ってもらう」

「何ですかこれ」

カロンが手にしたそれは、何の変哲もない不動産屋のちらしだ。一つの箱に四百枚ほど詰め込まれている。

「今日はポスティングのバイトをやってもらいます。ちらし配り。ちゃんと給料も出るよ」

「しれっと進めていますが烏鷺！　わたしはですね、あなたにラーメンを！　ラーメンをおごっていただけると……！　健康診断以来あなたに脂を断たれ兵糧攻めにも等しい責め苦を受けたわたしがどれほど喜び勇んで家を出たか考えたことがありますか！　ええないでしょうね冷酷非道なあなたには！　あなたには！　わたしが買い食いできないように支給額を減らした畜生なあなたには！」

「ずいぶん難しい言葉がすらすら出てくるようになったなあ。一生懸命勉強していた成果だね。すばらしい、さすが元英雄」

「いやね、わたしもね、気づいてましたよ、自分ができる子だって。あとね、誉めてごまかそうとしないでくださいね、ばればれだっつーね」

「この仕事の報酬は配布枚数×二円。一つの棟を配り終わったらこの紙に配布枚数を記入して」

「ラーメン」

「それじゃあ、まずは僕といっしょにやろう」

「ラーメン」

「ちなみに、このお金の使い道に関しては特に制限を設けるつもりはないから、また買い食いができるようになる」

「ラーメン」

今日のカロンはずいぶんと頑なだった。最近の食事制限がよほどこたえていたのだろう。しかたない、奥の手を出すか。

「ちなみに関係ないけど、昨日美味しいのどぐろを注文しておいた。煮付けにしても塩焼きに

「のどぐろってたしか高級魚じゃないですか何ですか買収のつもりですかいくら最近安い鯖《さば》

ばっかり食べさせられてうんざりしてるからって魚ごときでわたしが動くとでもええ動きますよ

畜生！」

「よかった、じゃあさっそく始めようか」

八十枚ぐらいのちらしの束を片手で軽く折り曲げて持つ。折り目の内側の空間に、反対の手の人差し指を差し入れ、一枚を引っ張り出して摘む。そしてその人差し指で郵便受けの蓋をはじき、勢いよくちらしを差し入れる。

カタン、と蓋の音が薄暗い空間に響いた。

「じゃ、やってみて」

「はい……」

最初はあたふた苦戦していたカロンであるが、すぐにこつをつかんだようで、みるみるちらしが減っていく。

カタン、カタン、カタン、カタン、カタン、カタン、カタン、カタン、カタン、カタン、カタン、カタン、カタン、カタン、カタン――

間欠的に響く、無機質な蓋の音。

カタン、カタン、カタン、カタン、カタン、カタン、カタン、カタン、カタン、カタン、カタン、カタン、カタン、カタン――

何の機転も創造性も必要としない、機械じみたルーチン。

カタン、カタン、カタン、カタン、カタン、カタン、カタン、カタン、カタン、カタン、カタン、カタン、カタン、カタン――

そこに自意識の入り込む隙間はない。二円という金を積み重ねる、『仕事』の連続。

仕事に勤しむカロンの横顔を、烏鷺はそっと写真にとった。あとで眼鏡に売りつけるのだ。

9

「くはぁー！　終わりましたよ！　のどぐろ！　のどぐろ！　それよりも先にお金下さい！　今までの鬱憤をはらすように買っちゃいますからねわたし！　唐揚げ肉まんおにぎり、それから――」

解放感に満ちあふれたカロンは一直線にコンビニへと向かう。

「到着！」自転車に鍵もかけず、ひらひらひらりと店内に。

元英雄はついに惣菜《そうざい》コーナーにたどり着いた。かつてのカロンならば、値段も見ずに愛しの惣菜たちを次々籠に放り込んでいただろう。しかし、今は――

「三百九十八円ですか……ううむ」

値段をいちいち確認し、顔をしかめる。

きっとカロンは今、こう考えているのだろう。『四百円、つまりちらし二百枚分だ』と。自分の二百枚分の労働とこの商品は釣りあうのか――お金の出る労働を体験したことで金銭感覚を獲得したのだ。

人は、稼いだ金以外を大事に使うことはできない。今自分が手にしている金が、どれほどの労働によって得たものかという実感が、人に金の使い道を真剣に考えさせるのだ。

金づかいの荒い人でも一度仕事を経験すれば金銭感覚はかなり改善される（生来の性質にもよるが）。特にポスティングのような、労働量が金額にダイレクトに反映されるような仕事は矯正《きょうせい》にうってつけだ。

「ねえ」と烏鷺は悩み続けるカロンに言う。「お腹空いてるかもしれないけど、ここではおにぎり一つぐらいにしといたらどうだろう。そのほうが、のどぐろも美味しく食べられるし」

「ううん……そうですね、ええ、そういう考えもありますが」ちら、とカロンは烏鷺を見る。「あの、烏鷺……」

「ん？」

「あのですね、いやあの、今日は烏鷺もいっしょに夕飯どうでしょう。つくらせるだけつくらせてわたしだけ食べるって、なーんかしっくりこないんですよね。まあ烏鷺が嫌なら別にいいですすが……わたしも口うるさい烏鷺とそこまでいっしょしたいわけもないですし、ええ全然」

「うん、そうだね。じゃあ今日からいっしょに食べようか」

問題ないよアリス、と烏鷺は頬に朱のさすカロンの顔を横目で眺めながらたばこをくわえる。

大丈夫、カロンはもうすぐ一般人になる。英雄なんて経歴は、十年後には本人も忘れているだろう。

10

「転校先、決めといたよ」

ティッシュ買っといたよ、とでも言うような、ごくさりげない口調で烏鷺は言った。

「テンコーサキ……？　ええと、人名でしたっけ？」

「そんなマジシャンみたいな名前の知り合いはいないよ」たばこを一本取り出し、くわえる。「学校に行くってこと。カロンは東京からの転校生として、近所の高校に入ってもらいます」

「コーコー……」実感は、まるでわいていないようだった。「コーコー……」

「鳴き声みたいだね。あはは、コーコー。かわいい」

「かわいい……」

カロンの顔が真っ赤に染まる。

「そんなことよりですね、烏鷺」ボフ、とカロンは畳んだばかりの洗濯物を叩く。「学校ってのが、わたしにはわかんないんですが……いえいえ、どんなものかはわかりますよ、研修とか受けましたし。でもわかんないんですよ、あれなにしに行くところなんですかねえ？」

「勉強をするところ、ってことにはなってるね」

「する気ないです」

「すがすがしいなあ」たばこを灰皿に押しつけながら、烏鷺は笑う。「でも、行かなくちゃいけない。高校卒業の経歴は今後必要になる」

「経歴って何に必要なんですか？」

「職につくため」

「だったら必要ないじゃないですか！　わたしの手にはすでに職がありますから！　ポスティングスタッフとしての職が！　もうばっちりですよ！」

「ん？　あれで生活するのは無理だ」

「出ましたー、はい出ましたよー。烏鷺の『無理だ』が。烏鷺はわたしの根性を甘く見ていますね。わたしの手にかかればお金ぐらいもうがっぽがっぽですよ。一流ポスターとして名を馳せます！」

「ポスティングスタッフのことをポスターとは言わないんじゃないかな」たばこをもう一本。「いくらがんばったところで、ポスティングスタッフで稼げるのは月に三、四万ってとこ」

「むう……少ないですね。でもですね、節約すればなんとか」

「無理。人が生きるのってすごくお金がかかる。たとえば、今君が住んでるここ、普通に借りれば家賃は六万五千円くらい。青森とはいえ一軒家だしね」

「六ま……！」

「安いアパート探したって、家賃三、四万は飛んでいく。それから水道光熱費で一万、あと保険料と受信料と——とにかく、生きるにはお金がかかる。だからちゃんとした仕事につかなくちゃいけない。仕事につくためには、高卒の経歴がないとかなり厳しい」

「でも……うー……でもですね。そんな不純な動機で」

「不純でいい。経歴なんてお金みたいなものだよ。お金だって、それ自体はただの紙と金属でしかない。だけど、それさえあれば自分の好きなものを買うことができる。理想の未来のために、経歴を稼いでくると考えればいい」

「理想……未来……」

「ちなみに、僕もいっしょに転校する」

「う、烏鷺もですか……？　お、おう、なら……」

11

二十四にもなって学生服に袖《そで》を通すとは思わなかった。童顔なので違和感はなかったが、それがまた、と烏鷺はトイレの鏡の前でため息をついた。

いちおうは校則で禁止されている携帯をポケットから取り出し、メールを作成。

『本日のカロンも順調に学校生活を送っている様子』

宛先《あてさき》は眼鏡。すぐに返信が来た。

『報告書の作成に必要なので、セーラー服姿の写真を求む』

絶対君が欲しいだけだろう、と心の中でつっこみながら烏鷺はトイレを出た。自分のクラスに戻る前に、さりげなく隣の教室をのぞく。

「うっしゃー！　できましたよ！　わたしが一番！」

カロンが拳《こぶし》を突き上げ、なにやら騒いでいた。どうやら級友たちとカードゲームをしていたらしい。

しばらく烏鷺としか会話していなかったので心配していたのだが、さすがに英雄していただけあってコミュ力は高い。友達たくさんだ。

烏鷺とカロンはクラスが別なので、様子を逐一観察することはできないが、漏れ伝わる噂によれば、人気者としてやれているらしい。

「ま、兄貴のほうは変人呼ばわりされてるようだけど」

カロンの兄こと烏鷺は、転校十日が経っても友達の一人もなく、昼休みがくるたび学校内をうろちょろしていた。別に人を遠ざけてるわけじゃないんだけどな、と鳥鷺は首を傾げる。まあ、害がないのでよしとしよう。

「どこで一服しよっかな」

ぷかーっと紫煙を吐き出しながら、鳥鷺は報告書を埋めていく。

「全部順調、かな」

カロンの支出額は減少傾向にあり、そして自意識も縮小を続けている。傍目にはもう、普通の女子高生と変わりない。ちょっと変だけど、まあ珍獣枠ということで一つ。

「十日ってとこかな」

あと十日で、鳥鷺はカロンの手綱をはなそうと考えていた。

カロンは順調に一般人にとけ込んでる。もう、鳥鷺がいなくたって問題ないくらいだろう。そんなカロンにとって、今もっとも不要なものは――鳥鷺にほかならない。

十日かけて少しずつ距離を置いていき、カロンの鳥鷺への依存を解く。

最初は寂しがるかもしれないが、いずれはその欠落を友達で埋めるだろう。彼氏だってすぐにできる。あんなに綺麗なのだからよりどりみどりだ。家事は心配だが、必要に迫られればすぐに覚えるだろう。カロンは馬鹿でも怠け者でもない。

「また、一人」救った。

烏鷺はふふ、っと笑う。

カロンと離れることが寂しくないと言えば嘘になる。二ヵ月近くをいっしょに過ごしたのだ、情は多少移っている。離れるときはけっこうな痛みを感じるだろう。毎回そうだ。

でも、それ以上に喜びがある。自分はまた一人を救ったのだという実感が、烏鷺に痛み以上の喜びをもたらしてくれる。

あと十日の短い期間を、忘れないようにしておこう。

――『英雄』はそう簡単に消えはしない。

アリスの不吉な諫言《かんげん》が頭に響いたが、気にしないことにした。

二話　「英雄」解体

1

「烏鷺、最近家をずいぶん空けますが大丈夫でしょうか。わたしのご飯とかご飯とかご飯とか」

「僕の体の心配もしたっていいんだけどね」

「いえいえさすがに冗談ですって。なーんですか、傷ついちゃいました？　もー純情ですねえ。ちゃんと気にしてますよ。なんか疲れてますし、どうしたんですか」

「僕に疲れをもたらす諸悪の根元に、どうしたと訊《き》かれても」まあいいけど、と烏鷺。「ちょっと、ほかの仕事が忙しくて」

「え？　わたしのご飯をつくる以外の仕事が？　あなたの人生にそれ以外の意味が？」

「僕の人生をなんだと思ってるのかな。――今、別の元英雄も担当してるんだよ。手のかかる子でね」

「はああ!?」不服そうに叫び、寝転がっていたカロンは身を起こす。「それ、女の子ですかあ？」

「そうだけど」

「へー……ほー……あなたに二人も女の子を相手にする甲斐性《かいしょう》があるんですかねえ……。それでわたしの世話がおろそかになっちゃ本末転倒だと思うんですけどねえ」

「僕の人生の本分は、君のお世話じゃないんだけどね」とにかく、と烏鷺は言う。「そういうわけだから、もう少ししたらしばらく家空けるね」

「え……。家空けるって、どれくらいですか……」

「さあ、十日になるか、一月になるか。もっとかもね」

本当は別の元英雄の担当などしていない。もちろん、家を空けなくてはならないような用事もない。

これは離れるための布石だ。

こんな嘘《うそ》をついたのは、お前だけが特別じゃないんだぞ、と遠回しに伝えるためだ。

そうして離れた心の距離を、家を空けることで決定的に遠ざける。あと三日程で烏鷺とカロンの蜜月《みつげつ》は終わる。以後顔を合わせることはほとんどなくなるだろう。

「ぎょーむ放棄ですよ！　ハンッ、業務放棄ときましたよー。いやーほんと、わたしの教育係が聞いて呆《あき》れますね。そんな怠け者に用なんてありません！　さっさと帰っちゃってください！」

「わかった帰るよ。あ、この一本だけ吸っていっても——あぶっ……」テーブル上の麦茶をぶっかけられ、烏鷺はぽたぽたお茶を滴らせながらカロン宅を後にした。

「……ひどいことをする」

いや、こちらがひどいことをしているのだから当たり前か。新たなたばこを口にくわえ、火をつける。

この短い期間を、カロンはどんなふうに記憶するだろう。

幸せな一時だったと思い出してくれればいいのだが。


だが、思い出にするにはまだ早かった。

2

「烏鷺君！」

いつものように休み時間校舎をふらついていると、強い調子で呼び止められた。はて僕のことを呼ぶのは誰だ、と烏鷺は首を傾げた。高校に友達はいないし、教師は放任主義だし——もしかしてたばこがばれたのだろうか。

「烏鷺君何してるの！　こっち！」

クラスメイトの女子は烏鷺の腕をガッとつかんで、そのまま引っ張っていく。何してるのってお前が何だ、と反駁《はんばく》することもできず、烏鷺は上履きのまま体育館裏へと連れてこられた。

「わあ、古風」

思わず呟いてしまった。そこで展開されていたのは古き学園ドラマでよく見られるような、不良たちの合戦だった。十数人が砂埃《すなぼこり》を巻き上げながら躍動していた。戦っているのは全員女子のようだが。

「なにのんきにしてるの！　ほらあれ、カロンちゃん！」

「カロン……？」

烏鷺はそこでやっと、自分がここに連れてこられた意味に気づいた。

不良たちの合戦図、その中心で烏鷺の妹（という設定）が戦っていた。カロンはたった一人だ。一対多数の、まるで百人組手。

一人のカロンはしかし臆《おく》することなく拳を振り、膝を突き上げ、相手を一人また一人と減らしていく。

圧倒的な戦いぶりだ。ああそうか、元英雄なんだもんね、と烏鷺はぼうっとした頭の奥で思う。

圧倒的な身体能力は失った。幸運も、魔力も、武器もない。それでも彼女は英雄だった。その体に染み付いた経験だけは、生きる世界が変わっても消えてはいない。そうだ、彼女は英雄なのだ、烏鷺はそれを思い出した。今までのんきに過ごしていたから忘れていたが、彼女は紛れもなく英雄なのだ。

ああアリス、と烏鷺は思う。

どうやらあなたが正しかったらしい。

カロンの戦いに恐れはなかった。無駄もなかった。相手を倒すのに必要な動きだけを――

「ヤ――――アァ!!」

裂帛《れっぱく》の声が空気を震わせ、敵や観衆たちの足を縫い止める。その中でカロンだけが獣のように人の間を跳ね回る。

カロンの顔は、自身の鼻血や返り血に塗《まみ》れていた。おろしたての制服は所々が裂けて、上下の下着が露出している。見た目はさんざんだ。

それでも今のカロンはあくまで神々しかった。

教師も生徒も、誰もカロンを止めようとしない。声をかけることすらできない。自分ごときがあの存在に関わるだなんて畏《おそ》れ多《おお》いと、心がひれ伏していた。

そんな中、烏鷺は頬をぴしゃりと叩いて己の怯懦《きょうだ》を打ち払う。

「ここで止めなきゃ、何のための担当官だっつーね……」

カロンに向かって走り出す――「――――」

足を止めた。正確には、止められた。

唐突にこちらを振り向いたカロンの目に、烏鷺は身動きがとれなくなった。凪《なぎ》のように静かな目が発する、圧倒的な威圧感。

不良たちと戦っているときのカロンは、英雄に戻りかけてはいたが、それでもまだ人間だった。

それが今、完全に切り替わった。目の前に立つのは、人の形をとってはいるが、『英雄』という概念だった。

社会の不安を打破する者、民衆たちの理想の結集。

「あなたですね」と『英雄』は言う。「私を消滅させようとしているのは」

思わずかしずきたくなるような、凛《りん》とした声。それは、鳥鷺の知っているカロンの声とは似ても似つかない。


——適応し人好きのする人格をつくった。


なるほど、アリスが正しかった。カロンの中の『英雄』は、意識の奥で息を潜め、淡々と機会をうかがっていたのだ。『英雄』を打ち消そうとする不遜《ふそん》な輩を排除する機会を。

「あなたを打ち倒します」

『英雄』は足下に転がっていた尖《とが》った石をつかむと、猛然と鳥鷺に向かって突進した。

自身が正義であることを疑わない、きらめくようなその眼《まなこ》。

――ああ、ここで僕が打ち倒されるのが正しいシナリオなんだ。

烏鷺の意識は屈服していた。僕ごときがこの展開に反抗するなど畏れ多い、と。あの石を突き刺され、僕はカロンに殺されるべきで――

だが、カロンが間合いに入った瞬間に体が勝手に動いた。反応した、というのが正しい。

かつて血を吐きながらアリスに学んだ護身の技術を、無意識のまま使用していた。

――武器を持って突進してくる相手の正面にいてはいけない。立ったままでいるのは最悪。

――寝転ぶか、姿勢を低くしながら体を横にずらしなさい。その際、何としてでも足をかけるの。

――転倒した相手から、無理に武器を奪おうとしてはいけない。相手は必ずそれをむやみに振り回すから、まず間合いをとるの。

――そして相手が立ち上がろうとした瞬間に、頭のほうに回って、側頭部を蹴《け》り飛ばす。

手順どおりに烏鷺の体は『英雄』を無力化していた。『英雄』としての意志が体に残っていようと、肉体自体はただの女子なのだから、普通にやれば烏鷺が勝つに決まっている。

「カロン……」

　烏鷺の足下で気を失っているのは、一人の女の子だった。

3

「ごめんなさい、ごめんなさいです烏鷺ぉぉぉ……」目を覚ますなり、カロンは病院のベッドの上で土下座した。

　ごめんなさいごめんなさい、と呪文《じゅもん》のように繰り返し、わんわん泣きじゃくる。

「いいから、あまり手を動かさないように」烏鷺はカロンの肩を抱き、身を起こさせた。「拳の骨がひび割れてるみたいだから、あまり手を使っちゃだめだ。あと、頭蹴ったりしてごめん」

「いいえ、そんなの当然です！　烏鷺に向かってあんなことを……！　ぶっ飛ばしていただいてかまいません！　さあ！」

　さあ殴れ、と促されるがそんなことできるはずもなく、烏鷺はスツールに座って嘆息した。

　嫌われないかびくびくおびえ、謝り続けるこの子があんな大立ち回りを見せたのが、どうにも信じられない。戦鬼のような『英雄』と、平々凡々とした今のカロン。この二人は別物として考えるべきだろう。

「でもこの程度で済んでよかった」

精密検査はまだだが、カロンの怪我《けが》はどうやらたいしたことはないようだった。両の拳と左手首の亀裂《きれつ》骨折、あばら一本完全骨折。あと、烏鷺の蹴りによる頭部打撲——あの人数相手にこれで済んだのは奇跡的だ。

「いえ、烏鷺に刃を向けたんです、腕一本くらい斬《き》り落《お》とされるべきでした……！」

本気で言ってるから恐ろしいよなあ、と烏鷺はカロンの肩を撫でた。

「気にしなくていい。——それで、何があったのか教えてくれないかな？　どうしてあんな大規模な喧嘩《けんか》に？」

「ああ、それは香之《かの》が——」

突然訪れた他校の女子集団に、カロンのクラスメイトである香之が呼び出しを受けた。呼び出しに応じた香之は体育館裏に集団を導き、代表者と話し合いをした。話し合いはやがて口論となり、香之は突き飛ばされ、複数人から蹴り飛ばされた。——そこで登場したのが陰で様子をうかがっていたカロンである。

カロンは猛然と走り寄り、以下は烏鷺が目撃したとおり。複数人を相手に一歩も引かず、カロンは集団を撃退した。

単なる一学生である香之があの大人数に囲まれていた理由など不可解な点は多いが、そちらはおいおい調べるとして——

「なるほど。クラスメイトを助けたのは偉いね」誉めると、カロンはふふん、と自慢気に表情を綻ばせた。

「でも、だからと言って処罰を免れることはできない。今日付で君は無期停学だ。おそらく退学になるだろう。警察沙汰《ざた》にならなかっただけ御の字とみるべきかもしれないけど——」烏鷺は言葉を止めた。カロンがキョトンとしていたからだ。「どうしたの？」

「あの烏鷺……退学っていうのはあれですよね、ものすごーく悪いことをした人が学校から追い出されちゃうことですよね？」

「そうだね」

「それで、わたしは退学、と」

「うん」

「ええと、それは烏鷺に刃を向けたからですよね。ええ、あんなことをしたんですから覚悟は——」

「いや、違う」烏鷺はそこで食い違いに気づいた。「君が退学になるのは、だから他校の子たちと争ったからで——」

「な、何でですか！」納得できません、とカロンは身を乗り出す。「だってだってだって！

あの人たちは悪人ですよ！　寄ってたかって一人を相手にあんなことして！　烏鷺だって今、友達助けて偉いって誉めてくれたじゃないですか！」

「誉めたけど、それは道理として正しいって意味であって、君の行為は間違ってる」

「ど、道理とか行為とかわけがわかりませんよ！　悪は討ち滅ぼされるべきじゃないですか！」

カロンの訴えに、烏鷺はあることを思い出した。それは、英雄の条件の一つ。

人々への慈悲と——悪への無慈悲。

なるほど、カロンにとって悪とは討ち滅ぼされるだけの存在で——悪には人格を認めていないのだ。放っておけば、人を殺しかねない。

前言撤回、と烏鷺は心の中で呟く。

今のカロンは、『英雄』としてのカロンと分《わ》かれてなどいない。たとえこの世界に適応するためにつくった疑似人格だろうと、その根っこには『英雄』がある。平和な日常を生きていたから気づかなかったのだ。

カロンと『英雄』は分かちがたい。

4

休日になると、人はとにかく山や海に行きたがる。観光地を往復するには金も時間もかかるし、実は会社に行くのと同じくらいに体力も使うのだが、それでも圧倒的な自然は人を引きつけてやまない。

きっと『文明人』として生きる現代人の中にも、『野蛮』が残っているのだ。それが、たまには元に戻りたいと――

「あはははははは！　烏鷺烏鷺烏鷺烏鷺烏鷺烏鷺烏鷺！　楽しいですねあっはっはー！」

波打ち際を子供といっしょに駆け回る元英雄に、意識を引き戻される。

「烏鷺もこないんですか楽しいですよ烏鷺烏鷺烏鷺！」

「たまにはインテリぶらせてほしいんだけど」

これ完全に保護者のポジションだよね、などと考えながらたばこに火をつける。

烏鷺は近所の海にカロンを連れてきていた。たまには気分転換も必要だろうと思ってのことだが、ここまで元気になると逆に引く。子供のご両親も引いていた。

「烏鷺ー！　海の中に飛び込んじゃおうと思うんですがよろしいですかあー！」

「海開きはしてないし水着持ってきてないでしょ。だめ」

「いやいや大丈夫ですよわたしほらこれ、ぶらじゃー？　してますし！　これって水に潜るための衣服でしょう？」

「たいていの人は陸で使うね。とにかくだめ。風邪ひく」

わたしは病気なんてしないいんですがねえ、と不服そうにしていたが、なんとか言うことを聞いてくれた。

さあて、と烏鷺はたばこを吸い終わるなり立ち上がり、苦労して家から運んだバーベキューセットを箱から取り出した。


着火材に火をつけ、そこらで拾った小枝と葉をくべ、炭でそれを取り囲む。あとはひたすらパタパタ扇ぐ。

「この世界で火をつけるってのはめんどっちーですねえ。もっとシュボッ！　みたいにできるといいんですが」

「めんどいんだよ、この世界は。そういうものだから仕方がない。それが現実だから」

カロンの両手の包帯を見たくなくて、烏鷺はパチパチはぜる炭を凝視する。

炭が紅く染まると網をセットし、バーベキューを開始する。

にーく、にーく！　とカロンが野菜をガン無視するので網は一面肉に染まったが、健康診断の数値も改善したので今日ぐらいはいいだろう、と烏鷺は隅のほうでちまちまタマネギを焼く。

「くはー！　たまんないですね！　炭！　炭パないです！　烏鷺！　肉を！　もっと肉を！」

「キャベツを、焼かせてくれないかなあ」

「ハハッ、守りに入った人はこれだから嫌ですねー！　こんな美味しい肉を食べないなんてどうかしてます！　攻めていきましょ攻めて！」

「攻めすぎてその若さで健康診断にひっかかった過去を、どうやら忘れているようだね」

「わたしは未来に生きてますからね！」

「未来、ねえ」

烏鷺はたばこに火をつけた。そして少しためらい、だけど言わなければいけないことを言う。

「カロン、もう何度も何度も何度も言っているけど――君はもう英雄じゃない。普通の女の子だ。体を傷つけるような真似は絶対にしちゃだめだ」

「む」カロンは食べるのを止める。「いやもうほんと、烏鷺に迷惑かけたのはわたしも申し訳なく思ってます、ほんとです」

でもですね、と続ける。

「でも、他校の人たちに挑んでいったのは間違いではないと思います。香之を守ることもできましたし」

「香之さんを守るために君が飛び込む必要はなかった。警察の呼び方は教えたはずだよ」

「でも、あのときはあれがいちばん手っとり早い方法でした！」

「手っとり早いからって正解じゃない。そもそも自分が飛び込むなんて選択肢はあっちゃいけない」

「なぜですか！」

「君が傷つくからだと言っている」

声音を変えると、カロンはびくっと身を震わせた。

「今回はたまたまうまくいった。だけど女を相手に君はこれだけの怪我を負っている」カロンの両手をつかむ。「もしも相手が屈強な男だったら、もっと大きな怪我を負っていただろう。どころか、犯されていたかもしれないし、殺されていたかもしれない。想像したことがあるか？体を押さえつけられ、自分が犯されていく様を――」

「で、でも！　目の前で弱者がなぶられているとき、その中に飛び込む勇気が間違っているとは思えません！　それは絶対的な正義のはずです！」

「『英雄』ならそうだろう。力を持つ者には弱者を助ける義務がある。僕もそう思う。だけど、君はもう英雄じゃない。

圧倒的身体能力もなければ幸運もない。武器もなければ仲間もない。普通の子だ。

その体には何の義務も課されていない。危機が迫ったときは逃げて、人を呼ぶんだ」

「わたしはもう『英雄』ではない。ええと、烏鷺はそう言いますが」カロンは目に力を込める。

「わたしは正直言ってまだ、自分を英雄だと感じています」

「はあ……」たばこをぽろ、と地面に落とした。

これだけ時間をかけていろいろやって、それなりに手応えもつかんでいたのだが――どうやらカロンの心には何一つ響いていなかったらしい。

「なぜ力がないのに、英雄だと思う……？」

「なぜと訊かれれば」

カロンは自分の胸に手を当てた。

「ここに熱い意志があるからです。害されている弱者を見たときに燃え上がる心があるのなら、それは英雄って言えると思うんですよ、わたし。だからわたしは英雄！　そういうことです！」

目には一点のくもりもなかった。自分は間違っていないと、心の底から――

「違うね」烏鷺はぴしゃりと言って、新たなたばこをくわえる。「『英雄』とは、記号だ」

5

たとえば裁判官。彼らは裁判において当然のように人を裁くが、しかしなぜ誰も、その裁判官がどんな人間であるかを問題にしないのだろう。

もしかしたらその裁判官はとんでもないゲス野郎かもしれない。なのに彼らの個人的資質は、裁判において問題にもならない。誰も『お前は人を裁けるような人間か！』とつっこみを入れたりしない。

それはなぜかというと――彼らは裁判中、人間ではなくなるからだ。彼らは『裁判官』という記号であり、記号には個人的資質などない。彼らの下す判決の正当性は、彼らの知識や人間性によってではなく、『裁判官』という記号が背負った歴史や法に保証されている。

裁判官がシャーマンじみた法衣を身につけるのは、自身が法を行使する記号であることを表すためだ。

『裁判官』という記号を着た者には、法を行使する力が与えられる。それと同じように、『英雄』という記号を着た者には社会不安を打破する力が与えられる。具体的には身体能力、幸運、武器、その世界観にのっとった超自然的能力。

圧倒的な力だ。だが、その力には大きな大きな副作用が伴う。

「『英雄』という力を適切に使いさえすれば、すべてはうまくいく。いつも同じように考え、動けば、それで万事解決。敵が来たら勇ましく挑み、仲間は命がけで助け、村人は安全に村まで送り届ける——そうやって英雄に即した行動さえとれば、それでいい。

積み重なる成功体験、これさえしていればいいんだという確信——思考と行動様式はどんどん固定されていく。そんな生活を送るうち、思考からは遊びが消える。今までしてこなかった行動なんて、考えもしなくなる。

性質は固まり——ついには『キャラクター』化してしまう」

つまり、と烏鷺はカロンを見る。

「君の頭の中にまだ残存しているその燃えるような正義感は、その強靭な意志は、生来君の中にあったものじゃない。力がある、という状況によって改変された人格がそのまま残っているだけ。他力による成功体験の名残。記号の残りカス。

残りカスごときに君は操られてるわけだ。いつまで『キャラクター』してる気だ」

「————」

絶句するカロンに烏鷺は続ける。

「君がいたから異世界が救われたんじゃない。『英雄』という記号が都合よく君を使っただけ。いいか、人を救ったのは君じゃない。君という人間に、生来そんな正義感があったかどうかすら疑問だ。人はそんなに強くない。

完全に記号を捨てろ。人になれ。日々のどーしようもないことで思い悩んだり、喜んだりするような、人になるんだ。僕は君にそれを望んでいるよ」

「でも、……でもですね！」

「でも、何？　反論できるだけの根拠はある？　断言するけど、ないね。君の意志は記号に即して完成しただけの模造品だ、根拠も理由もない」

冷たい目で、睨みつける。

「君は、ただ在るだけで、空っぽだ」

6

「カロンちゃんと、仲直りはしましたか」

「仲直り？　どうやって？　記号と仲直りはできないよ。——ていうか眼鏡何でここにいるのかな」

　いつの間にか烏鷺の隣席に座っていたのは、退役英雄日常回帰補助機関の同僚である眼鏡だ。カロンをこの世界に呼び戻すのに、もっとも貢献した一人。

「いやあ、偶然ですよ。田舎に旅行に来たので日本酒でも、と思って飲み屋に入ったらカシスソーダでくだまいている間抜けな客がカウンターにいたので隣に座ってみたら、それが烏鷺さんだったわけです、いやあ偶然。

——あ、親父さん、田酒《でんしゅ》お願いします。おちょこは一つでけっこうです。隣のこの人、甘いお酒しか飲めないもので。こんなにお酒の美味しい地域でカシスソーダなんて飲む人の気が知れませんね、まったく」

「嫌味に磨きのかかった眼鏡だね」

「眼鏡はみんな嫌味です」

「そう、なら僕も眼鏡をかけてみようかな」烏鷺はたばこに火をつける。「回りくどい真似をせず、文句があるなら言いなよ」

「文句？」

「うん」と烏鷺は言う。「君のかわいいかわいいカロンをいじめた僕を叱りに来たんでしょ？殴れば」

あの口論後、烏鷺とカロンはまともに顔を合わせていない。カロンはすっかり『英雄』に目覚めたらしく、ふらふらと町を出歩き、自分が介入できそうなトラブルを探している。何度やめろと咎《とが》めても、光に吸い寄せられる蛾《が》のように、危険なところへ向かおうとする。

『君はもう英雄じゃない』『いいえ私は英雄です！』――幾千回と繰り返される口論。

カロンからの憎悪を毎日のように浴び続けるうち、烏鷺はついに疲れ切ってしまった。

「烏鷺さん、あなたはたしかにとんでもないろくでなしではありますが――しかしカロンちゃんに関して、あなたに落ち度は見あたりません。誰が担当したところでああなったでしょう。『主人公』タイプの英雄は難しいと言いますからね」

「落ち度がない？　落ち度だらけだ。すべては僕の油断が招いた事態だよ」

――あの子は適応力が高いだけだ。

アリスの言葉の意味をもっとよく考えておくべきだった。ある世界への適応力、それは英雄の最大の武器じゃないか。

英雄とは、その世界その時代の理想像だ。こんな人間に今あるだめな世界を変えてほしいという願望。

侵略におびえる民は強力な指導者を求め、退廃した町に嫌気の差した人々は清廉な殉教者を求める。こんな人がいてほしい、いたはずだ――

カロンが、あんなにもこの時代に適応できていたのは、彼女が現代の空気を即座に読みとり、理想像を創ったからだ。

幼稚だがバカではない／しぐさは処女的なのにときどき性的／一途《いちず》／分け隔《へだ》てなく人と接する／媚《こ》びた語尾／漏れ出る好意／たいした取り柄もない『ぼく』が好き。

なるほど、この時代の英雄像《アイドル》だ。都合がよくて、キャラがあり、そのうえ自分だけを見てくれる、理想的な女の子。優しい偶像。

「簡単だと安心していた自分がバカみたいだ」

あんなライトノベルのヒロインみたいにかわいくちょろい女が、この現実世界にいるはずがなかったのに。

英雄は時代を表す顔だが、その顔には、目も耳も口も鼻も、何もない。今そこにある時代の様相、それこそが英雄の顔なのだ。仮面でしかない。

「重ねて言いますが、あなただから失敗したわけではありませんよ。そういうものです」

「客観的な眼鏡だね」

「眼鏡だから客観的なんじゃありません、それは私の性質です」

「そこは謙遜《けんそん》しなよ」ふう、と煙を吐き出す。「で、僕を叱りに来たんじゃないなら、なにしに？」

「まあ、あなたにここで会ったのはまったくの偶然なんですが、せっかく会ったので言っておきましょう——諦《あきら》めるな」

「諦めるな？　いまさら言っても遅いんじゃない？　カロンはもう、僕の手を離れてる」

カロンの行動は、別の部隊が把握している。もしもカロンが次にトラブルを起こした場合、部隊はカロンを拘束し、特別研修という名の収容機関に運び込む。

「現実に順応できなかった『英雄』は、反社会的勢力に参加する前に収容する。それは絶対のルールだ。一介の担当官じゃあ、そこは覆せない。いや勘違いしないでほしい。僕はすべてをカロンの自己責任にするような卑怯者じゃない。——僕も責任をとる」

グラスの縁から流れ落ちた水滴を人差し指で潰す。ひやりとした感触が、意識を少しこちら側に引き戻してくれた。

でも責任てどうとるんだっけ？　と鳥鷺は首を傾げる。やはり、辞めるか。

「私が諦めるな、と言ったのは」眼鏡は言う。「カロンちゃんのことだけではありません。あなたは、あなたを諦めるな」

「意味がわからない」

「あなたは、カロンちゃんといっしょに自分を諦めようとしてるんです」

「だから、意味がわからない」

「絶対にカロンちゃんを諦めてはいけない！　そんなことをしたら、あなたも帰ってこられなくなる！」眼鏡の声が飲み屋に響いた。

「ねえ、声が大きいよ」

「カロンちゃんは絶対に戻ってきます！　絶対にです！」

7

眼鏡の深酒に付き合わされて烏鷺の帰宅は午前零時を過ぎた。ふらつく足をなんとか運び、リビングルームで寝転がる。

「たばこ……たばこ……」

なんとかたばこを取り出し一本を口にくわえた。

ふだんは家の中では吸わないようにしていたが、ベランダに出る気力はないし、吸わずにはいられない。まあいいや、とライターを取り出した。

安い百円ライターの心もとない火が、部屋をぼうと照らす。

光に浮かび上がった部屋の壁紙。本来ならば病的にまで白いそれ。しかし烏鷺の部屋に限っては白ではなかった。

淡い緑と濃い緑。濃淡の彩色で烏鷺が壁に描いたのは、現代にはない森の姿だ。そこに住むのは精霊と森の民たち。

それは、かつて烏鷺が幼少期を過ごした異世界の森の姿だ。

烏鷺も、かつて英雄として——脆弱《ぜいじゃく》な『助力者』でしかなかったが——異世界で敵と戦った。森を奪おうとする侵略者たちと戦い続け、アリスによってこの地球に引き戻された。

だけれど烏鷺は、本当の意味では帰ってはこられなかった。この窮屈な地球の社会が息苦しくて、あの聖なる森と泉の世界に帰りたくて——

この世界で何をしていても、意識だけがかつて過ごした森の世界に飛んでいく。もう戻れないのに、ふと気がつくと魂だけが向こうに飛んでいく。肉体を動かす気力がなくなり、悄然《しょうぜん》と止まってしまう。

たばこは、意識を繋《つな》ぎとめる鎖だった。

この有害な化学物質から香る『現代』をつねに吸い込んでいないと、烏鷺はここにいられなくなる。

向こうに戻れないならせめて部屋だけでも似せようと、烏鷺は住む家の壁紙にいつも、森の姿を描く。そして、部屋のところどころにオークの杖《つえ》や長剣を転がしておく。家の中に創り上げた小さな小さな異世界は、少しは烏鷺の心を慰撫《いぶ》してくれた。

——こんなのは、僕一人でよかったのに。こんなのは、僕一人で。

前の世界に囚われていたって、むなしいだけなのに。

だから、カロンをこの世界に引き戻してあげたかったのに。

烏鷺は目を瞑《つむ》り、心の音に耳を澄ました。

勇壮な戦士の雄叫び、二輪戦車《チャリオット》の鉄の車輪が軋《きし》む音、蛮族たちの断末魔、かつて聞いたすべての音が耳の奥に焼き付いていて——

と、プルル、という電子音が烏鷺の癒やしの時間に水を差す。

「無粋だね……」

無視しようかと思ったが、不吉な予感がしたので電話をとる。

『こちら行確。あなたの担当している退役英雄、仮称山田カロンが、先日彼女と争った隣町の高校生たちから呼び出しの電話を受けた模様。彼女は相手の指定場所である海沿いのプレハブ倉庫へと向かっています』

「ふーん、で？」

『トラブルが予想されますが、引き留めますか？』

「今引き留めても、あとで同じことが起こるだけだ。規定どおり、カロンが暴力を振るったタイミングで確保するといいと思う」

『承知しました』

速やかに通話は切れる。

予想より少し早かったが、どうやらお別れらしい。カロンはこれから実質監禁され、投薬とカウンセリングによる洗脳じみた処置を受ける。

そんな現実に直面しても、烏鷺は自分でも驚くほどショックを受けていなかった。やはり、魂を向こうの世界に置き忘れてきてしまったらしい。

こんなんだから、と烏鷺は思う。こんなんだから僕はアリスに見捨てられたのだ。

アリスはかつての烏鷺の担当官で、かなり苛烈な方法で烏鷺をこちらの世界に呼び戻そうと尽力してくれた。でもだめだった。烏鷺はどうしようもなかった。

アリスはどうしようもない烏鷺に、半ば強引に担当官という職を与えると、姿を消してしまった。もっといっしょにいたかったのに。

たばこを、と烏鷺は思う。たばこをもっと吸えば、少しはカロンとの別れを悲しめるかも——有害な嗜好品《しこうひん》は次々と消費されていき、一箱が空になる。

——と。

空になったはずの箱に、何かが入っている。それは小さく折り畳まれた紙で、レシートにしては少し大きい。なんだろう、と烏鷺はそれを開き――息を呑んだ。

『わたしはあなたが思っているほど単純ではありません。あなたの言いたいこともその正しさも、しっかりと理解しています。あなたがどれだけわたしを思ってくれているのかわかっています。

それでもわたしは英雄でなくてはいけないんです。

だって、わたしは「英雄」であるとき、多くの人を殺したから』

それはカロンによる罪の告白だった。

いや、罪の意識の告白と言うほうが正しい。

『あなたはそれを、与えられた力の責任であると言ってくれるでしょう。わたしという存在は記号のあやつり人形にすぎないのだから、責任はないって。都合がいいようですが、わたしもその考えは理解できるんです。

大きな力を与えられて、「お前がやらなきゃみんなが死ぬぞ」とおどされたら、誰だってわたしと同じように敵を殺すと思います。それは記号の責任であると言えます。

それでもわたしは、それをわたしという人間の罪にしなくてはいけないんです。

だって、それが記号の罪だというのなら、わたしに殺された人々は、誰を恨めばいいんでしょう』

手紙を持つ手が震えた。

『わたしはこの世界に帰ってきて、自分に力がないと知って、安心しました。力がないなら、もうほかの人たちのために、あんなに怖い思いをしなくていいんですから。こんなわたしだって、鳥鷺といっしょにまた一から人としてやり直せるんじゃないかなって。それはなんて楽しいんだろうと思いました。

でも、その瞬間に耳元で、亡霊たちがささやいたんです。

〝その程度の覚悟で、俺たちを殺したのか〟

わたしは結局、記号の力に振り回されてばかりで人を殺すということの重さがわかってなかったんです。何となく、促されるままに人の命を奪ってしまいました。だから、わたしに殺された人たちも誰を恨めばいいかわからず、宙ぶらりんなところにいるみたいです。

わたしは、わたし自身の意志こそが英雄であったと証明しなくてはなりません。それは記号の罪ではなく、わたしという人間の罪であったということにしなければ。そうでなければ、この大量殺人の罪が宙に浮いてしまう。亡霊たちが誰に復讐《ふくしゅう》すればいいかわからずさまよい続けてしまう。

記号は恨めませんから』

「な……」

なんて自分は愚かだったのだろう。一人で苦しんでいるカロンを英雄気取りの馬鹿と決めつけ、一方的にマニュアルを押しつけていた。

カロンは、こんなに一人で苦しんで――

烏鷺は二枚目の手紙に目を通す。

『亡霊の声は日に日に大きくなります。耳元で、早くしろ、早く罪を認めろって。あなたが姿を消すと言った日から、その声はどんどん大きくなっていきます。

受け止めなければいけないし、そのためにわたしはがんばっているのですが、でも本当は、とてもとても怖いです。

助けてください』

「――――！」

ダンッ！　床を拳で叩いて、烏鷺は立ち上がった。

これだけの覚悟を決めてカロンは一人戦っているのに、その担当官が何をふぬけているのか。

体中に血が巡り、目がギンと開いた。

冷めた自分を装うことで、烏鷺は自分を守っていた。自分がこの現実で傷つかないよう、何事にも深入りしない、そういう生き方をする人格をつくった。

——この世界に適応しただけ。

アリスの言葉はカロンだけに向けられたものではなかった。あれは烏鷺に向けた叱責《しっせき》だった。いつまでそこで泣いてるの、それでは英雄を救えない、と烏鷺を叱っていたのだ。

そうだ、この自分じゃあ、カロンのことを守れない。

こんな卑怯な自分じゃ、カロンを守ってやれない。

「————！」

かつてのように吠《ほ》え、心を燃やす。

床に転がっていた剣を持ち、烏鷺は裸足のままで外に駆け出た。

自転車に飛び乗り、剣は傘のように後輪の横に挟んだ。ガタガタうるさい剣の音を聞きながら、烏鷺は立ち乗りで必死にペダルを漕《こ》ぎ続《つづ》けた。

——カロンのいる場所に！

わき腹が痛い……喉《のど》が鳴る……汗が目に入る……疲れた……なかなか目的地にたどり着かない……！

——ああ、地球の現実はめんどくさいねカロン。

かつてはどんな遠い場所でも、たいして苦労もせずにたどり着けたのに、今は、こんなにぶざまな姿をさらさなくてはいけない。

でも、どんなにぶざまだろうとかまわない。ぶざまな奴だって、たいした力がなくたって、誰か一人の英雄になることならできる。

どうしてアリスが烏鷺を担当官という職につかせたのか、今ようやくわかった。

向こうの世界で英雄だったころに囚われているのなら、こちらの世界で英雄になればいい。

——元英雄を救う英雄に。

「なってやる！」

自分と同じような者を救って、そして自分を救うのだ。

大丈夫、英雄はここにいる。罪に苦しむカロンを救う英雄に、僕がなるから。

その罪は僕がいっしょに背負うから！　だからそこで——！

海のそばにプレハブ倉庫が見える。漁師たちが漁の帰りに溜《た》まり場《ば》にしているそこで、カロンは今戦っている。もう囚われているだろうか。

だったら、どんな手を使ってでも取り戻す。

「僕が、救う……」

自転車から飛び降り、剣を手に取り、そして扉を突き破る。

8

「あれ、烏鷺⁉　な、何をしてるんです⁉」

「…………………………え、ええと」

あれーえ……、と烏鷺は呆然《ぼうぜん》とあたりを見回す。不良とカロン、そして行動確認部隊の入り交じる乱戦模様を想定していたのだが、そこにあるのは、しごく平和な光景だった。

カロンはつい先日殴りあった不良の子たちと、鍋《なべ》をつついていた。

「あの……ええと」

どうして、こんなことになっているのか。僕のやる気と勇気のやり場を、誰か教えて——烏鷺はパタンと倒れた。

「ちょっとちょおーっと！　烏鷺！　どうしたんですか！」

ゆっさゆさとカロンに体を揺すられるが、「やめろ……やめて、ほっといて……」と烏鷺は逃避を続ける。

「お、お腹が空いたんですか⁉　わたしだけが鍋なんて食べてるから怒ったんですね！　だってしょうがないじゃないですか！　最近烏鷺と気まずいから呼べなかったんですよ！」

「的外れすぎて的という概念への挑戦レベルだね……」

なんだなんだ、とカロンを呼び出した他校の不良たちもぞろぞろ集まり、カロンと烏鷺を取り囲む。

「なにこれ、剣？　え、本物じゃやね……？」

女子の一人が烏鷺の剣を見つめ、怪訝《けげん》そうに吟味する。

「け、剣？　烏鷺、もしかしてなんですが……わたしのことを助けにきてくださったんですか……？」

「やめろ……ほっといてくれ」

「もしかしてですが！　わたしの危機だと思って！　助けにきてくださったんですね！」

カロンは感動した様子で烏鷺の背中に抱きついてくる。

「みなさん！　ちょっと聞いてください！　烏鷺が！　わたしの烏鷺が！　わたしの兄が！

わたしのことが心配で助けにきてくれたんです！　わたしが大好きすぎて！　飛び込んできちゃったんです！」

カロンは自慢しているつもりだろうが、烏鷺にとってはさらし首にも等しい恥辱。勘違いで剣を持ち出した今日この日は、彼の黒歴史ノートに刻み込まれた。

周囲の不良の子たちも戸惑っていた。「やべえこの兄貴……」とどん引きしているのが半分、「テラシスコンｗｗｗ」と笑っているのがもう半分。いっそ殺してほしい。

「いやー烏鷺、たしかに呼び出されたときはわたしもけっこう覚悟を決めてきたんですが、話してみたらですね、この子らにも事情がありまして、ええはい。あの、香之は売春？　組織の元締《もとじめ》とかだったらしくて、この子たちはそれを止めさせようとしていたんです。一概に悪とか正義とかわかんないものですね」

「ああそう……そうなんだ。わかったからほっといて――」

いや。

烏鷺は逃避をやめ、身を起こした。

「カロン」声音を変え、カロンを呼ぶ。

「は、はい？」

改めて、烏鷺は言う。

「ごめん、ほかの子の担当もしてるって、あれ嘘だ」

深々頭を下げる。

何であろうと烏鷺の嘘がカロンを傷つけたのは事実なのだ。烏鷺は一方的に救いを押しつけるばかりでカロンのシグナルを見逃した。カロンは烏鷺にずっと助けてと言っていたのに、さっさと離れようとした。

「君を自立させようと思ったんだ。本当は家を空ける必要もない。嘘をついて寂しい思いをさせた、本当にごめん。でもどうか信じてほしい。僕は、君を助けたくて……」

言葉は陳腐だな、と烏鷺は思う。重ねれば重ねるほど嘘くさくなる。どうすれば伝わるだろう。カロンを苦しめる亡霊たちを全部はねのけてやりたい――

と。

首に温かな感触。

カロンの両腕が烏鷺の頭をそっと抱き寄せる。

「わたしのために剣をとってくれる人はほかにいません。たった一人で敵陣に飛び込んでくるなんて。そんな人、向こうにもいませんでした。

――ああ、烏鷺はわたしの英雄なんですね」

その一言に、じわりと涙が出そうになった。

本当に救われているのはこっちのほうなのに――こんなに情けないのに。

「あの！」

烏鷺はカロンから離れ、不良の皆様方に頭を下げた。

「今度、みなさんの高校にカロンを編入させようと思います。アホな妹ですがどうか仲良くしてやってください」

不良たちは数秒ぽかんと沈黙していたが、すぐにワッと沸き上がった。

「うっしゃー！」

「無敵！　もう無敵っしょ、うちら！」

どうやらカロンはカリスマとして彼女たちに心酔されているらしかった。奇妙な光景だったが、カロンの戦いぶりを目撃したのだ、崇拝したくなる気持ちはわかる。

何にせよいちおう進路は決まった。烏鷺はふう、と安堵《あんど》の息を吐いた。

「烏鷺」とカロンはちょこんと烏鷺の隣に座る。「烏鷺、わたしの名前を呼んでください」

「名前？」

「ええ。全然呼んでくれないじゃないですか。いっつも『君』とかです。――わたしの目を見て、どうか名前を呼んでください」

名前、と烏鷺は思う。意識していたわけではないが、たしかに呼んだ覚えはない。なぜだろう？
烏鷺は真っ正面からカロンの顔を見つめる。
二重の瞼《まぶた》、少し吊り目。小さな鼻。下唇が少し小さい紅い唇——「カロン」
「はい」カロンは微笑む。「烏鷺。これからもよろしくお願いします」
差し出された手を、烏鷺は握った。
ぼやけていた視界が、少しだけ明瞭《めいりょう》になったような気がした。

三話　贈与の魔女

0

一つ与えたあの人は美貌《びぼう》を失い、
二つ与えたあの人は醜くなって、
三つ与えたあの人は、もう、人ではなかった。
これこそ魔女の本懐なのよと笑うあの人の貌《かお》——おぞましかった。

だけどこの世の何より美しかった。

1

——月夜の晩に『魔女』は姿を現す。

古ぼけて、少し傾《かし》いだ時計塔。その最上階を『魔女』はねぐらとしていた。
獣の頭蓋《ずがい》、樫《かし》の杖、虫の死骸《しがい》のつまった陶の壺《つぼ》——棚に並ぶ禍々《まがまが》しい調度品。

蜘蛛《くも》の巣の張った天井、いくつもの陣の描かれた床。

その部屋の中央で、魔女は小椅子《こいす》に座って一人静かに読書をしていた。虫食いだらけの古書を開いて淡々と知を蓄える、魔性の女。

童話の挿絵に描き出されるような、魔女の姿がそこにはあった。

たった一人で、誰に承認されることがなくても、彼女はただ魔女で在り続ける。

――コトッ……。

不意の音。魔女は本を閉じ、視線を部屋の入り口へと向ける。

そこに、半分顔を出して魔女の様子をうかがう人の姿があった。女児がおびえた様子で、しかし期待の色に目を光らせて、魔女をじっと見つめている。

「なんだなんだ、またキミか」魔女は呆れたように言う。「そうそう何度も来るなと言ったはずだぞ」

「あ、あの……ごめんなさい。でも、また、あいつにすごいひどいことされてて……だから、ここに来るしかなくて……あの、あいつを、どうしても……」

「いいよいいよ、みなまで言うな」魔女は嘆息混じりに立ち上がると、棚から薄刃のナイフを取り出した。

妖しくきらめくその刃を、彼女は何のためらいもなく自らの指へ押し当てる。プツッと肌が裂け、じわりと零れる鮮血。

手を伝う血を、魔女は麻の小袋の中へと垂らした。紅く汚れた袋の中に、壺からピンセットで摘み出した虫の死骸を詰める。

「ほれ、やるよ」魔女は袋を女児へと放った。「それを、呪いたい奴の鞄《かばん》に仕込め。できるだけ長く気づかれないようにしろ」

「あ、ありがとう、ございます……！」

「何度も言っているが、奪われた分を呪って取り返そうとするのはいい。それはキミの権利だ。——だけど過分に奪うなよ。奪いすぎれば、また取り返される。それは世の摂理だ。忘れるな」

女児はこくんと頷くと、魔女からもらった呪い道具を大事そうに胸に抱いて、さっさと部屋を後にする。

魔女はその姿を見送ると再び小椅子に座った。読み止《さ》しの本に手を伸ばし——そこで指が切れていることを思い出したようだった。

手首へ流れ床に落下していく紅い血を、魔女は光の消えた目で見つめる。止血もせず、出血という一大事を他人事のように観賞する。

——……ぽた……ぽた……ぽた……ぽた……ぽた……ぽた……ぽた……ぽた……

静謐《せいひつ》な部屋に響く、血液の落下音。

不吉な音が魔女の空間内を跳ね回り、その場の異様をますます際立て――

「ちゃんと消毒したほうがいい」

突然響いた声に、魔女は目を見開いた。

2

「ずいぶん深く切ったね。まず止血からだ」

山田烏鷺は魔女を装う少女の部屋へと押し入り、その手首をつかんだ。血に塗れた手を頭上へと掲げさせ、脈を圧迫しながら包帯で素早く止血を施す。

「なんだなんだ誰だよキミは……成人男性なんざ客にした覚えはないぞ」魔女はされるがままだが、突然の侵入者に遺憾の意を示す。

「君に覚えはなくても、僕にはあるよ。初めまして倉敷隘路《くらしきあいろ》さん」

「私の名前を知っているのか。なるほどな、だいたいわかった。つまりはキミは――」

「うん、僕は退役英――」

「気合の入ったストーカーだな」

「いやちがっ」

「いいよいいよ、みなまで言うな。キミのしたいことなど知れたこと。どうせ魔女のこの身を犯しむさぼり、慰みものにしたいんだろう？　精の限りをつくしてまぐわうような下劣なサバトがお好みか？　品性の欠片もないな、まったく……。だがいいぞ、好きにしろ。この身を贄《にえ》とし、楽しみつくせ」

「だからちが――」

「いいよ、もう」

魔女は嘆息混じりにそう言うと「あーあ、気に入っていたんだが……」とぼやきながら、自身のシースルーのスカートの裾《すそ》をつかみ、びりりと引き裂く。露出する、蜘蛛のように細い脚。その付け根にのぞく、黒い下着。

「どうだ、犯《や》りやすくしてやったぞ――ほれ奪え」

「……………」

「奪え、奪え、奪いつくして糧にしろ。私は私をキミに贈《あた》えてやるよ。だが忘れるな。過分に奪った者は必ず後で取り返される。必ず、取り返してやる。忘れるな。それがわかったのなら、さあ、今は奪いつくすといい」

椅子に背を預け、魔女はふてくされたように目を閉じる。その顔に浮かんでいるのは諦観《ていかん》だった。自らの運命すべてを受け入れると――

烏鷺は額に手を当てた。

……やばい子と関わってしまった。

いつものことなのでもうすっかり慣れてしまったが、できればそんなことに慣れたくなかった。

「……落ち着いて、ねえ落ち着いて。僕は退役英雄日常回帰補助機関の者だよ」

「……ん？」魔女は片目を開いた。

「つまりは、君をこの世界へと引き戻した組織の一員ということ。前任の担当官は更迭《こうてつ》された。今日から僕が君の担当官。名前は烏鷺。よろしく」

手を差し出すが、華麗にスルーされた。

「おいおいおいおいおいおい……それ早く言えよ。破いちゃっただろ、服」

「知らないね」

烏鷺は冷たくそう言うと、隘路の部屋を――隘路が不法に占拠している部屋を――見回した。

趣味の悪い飾り物が所狭しと置いてある。獣の骨も虫の死骸も、すべて本物のようだ。何の骨かなあ、と頭蓋を手に取り観賞する烏鷺である。

「前の世界の自分を忘れられず、旧校舎の部屋を使って呪《まじな》い屋さん気取り――ねえ隘路さん、君はもう魔女じゃない。この世に魔法なんてない、もちろん呪いもない。そう、教わらなかった？」

「黙れ」

隘路は敵意を込めて烏鷺を睨んだ。

「たしかに私は地球に引き戻されてあらゆるものを失った。この身にはもう、かつての溢《あふ》れるような魔力はない。言葉と指先だけで世界に干渉できたあのころとでは、すべてが決定的に変わってしまった。

だが、それでも。たとえ生きる世界が変わっても。それでも私は魔女だ。

――誇り高き、贈与の魔女だ」

3

「魔女か」

マンションのベランダで紫煙を吐き出しながら、烏鷺は呟いた。隘路の研修地として設定されたのは栃木《とちぎ》の田舎町で、烏鷺と隘路は町の外れのマンションに住んでいた。

手元の資料をぱらぱらめくり、このたび担当を引き継ぐこととなった少女のプロフィールを頭に入れる。

地球名　倉敷隘路
年齢　十八
身長　百六十二センチ
体重　四十三キロ
異世界での役割　『贈与者』（タイプ：魔女）

「贈与者で、魔女か」

世界の救済に貢献した者を、烏鷺たちは一様に『英雄』と呼ぶが、英雄にもさまざまな種類がある。

『主人公』……冒険や戦争を主導する、文字どおりの主役。

『助力者』……主人公に付き添い、その補助をする協力者。

『マクガフィン』……主人公たちの冒険の目的となる者のこと。さらわれたお姫様などがこれに当たる。

そして『贈与者』とは、武器または移動手段を主人公に贈《あた》える者のことだ。たいていは賢者や妖精《ようせい》――あるいは魔女の姿をとって現れ、まだ何者でもない主人公を英雄に変貌させる。

要はRPGゲームにおける魔法使いや僧侶《そうりょ》のポジションだ。

「元、魔女かあ」

烏鷺はベランダから身を乗り出し、お隣さんの部屋をのぞいた。

電気は消しているようだが、暗い部屋に蠟燭《ろうそく》らしき光が揺らめいている。また床に魔方陣でも描いて、なにかの儀式を試しているのだろう。あるいは秘薬でも調合しているのか。

何にせよ、魔女の気分に浸っているのはたしかだ。害もないので別に無理に止めはしないが、いつかはやめさせなくてはいけない。

とにもかくにも今は――「ご飯をつくってあげないと」

そう言って、烏鷺は自室を出た。

4

医者たちによれば、蜘蛛は人間にとってたいへん有益にもなりうるという。が、わたしは、

そのすぐれた有益な物質についてのみ問題にしようと思う。

第一に、蜘蛛を潰してリネンに包み、額やこめかみに当てると、三日熱が治る。蜘蛛の巣を出血している箇所に貼《は》ると血が止まる。さらに、傷口や潰瘍《かいよう》が炎症を起こすのを防ぐ。


十三世紀の神学者アルベルトゥス・マグヌスは魔女研究にたいへん熱心だったという。彼は晩年に出版した著作の中で、自ら収集した魔女の秘薬のレシピを公開した。

もちろん、全部が全部デタラメである。科学的な根拠など何一つない単なる民間信仰だ。マグヌスだって誰かが真似するなんて想定していなかっただろう。

だがこの二十一世紀の日本において、彼の書いたデタラメを熱心に検証している少女がいた。

「慣れないな、この体には。たったこれしきの作業で息が切れるとは……魔女の名折れだ名折れ」

隘路はそう言いながらすり鉢を置いた。ゴム手袋とマスクをはずし、アルコールで手指を消毒し、額の汗をふうと拭う。

キッチンのシンクの上には隘路の苦労の成果——鉢の中で粉々にすりつぶされた哀れな蜘蛛の死骸があった。

「女子高生が蜘蛛をごりごりやっているとか、なかなかシュールな光景だなあ」烏鷺は言った。

「いやいや女子高生ではないよ、魔女だ魔女。キミはそこんとこ少し気をつけたほうがいい」

「はいはい、ごめんね」適当に流し、たばこに火をつける。

「いいよいいよ、わかってくれれば。ところでキミ、体のどこかに傷はない?」

「ないし、そのおぞましい物体を僕の体に塗ろうというなら全力で抵抗するよ」

「魔女の秘薬をその身で試す尊い機会をむげにするとは……あーあ、キミは出世できないタイプだな」

あーあ、と天を仰ぎながら魔女はゴム手袋を再び手にはめ、蜘蛛の死骸をまな板に広げたリネンの布の上に移した。ぎゅっと包んで、「完成だ」と笑みを浮かべる。

「…………」

そんなものは何の役にも立たない。蜘蛛類なんて単なるタンパク質の固まりだ——などと言ったところで無駄だろう。前任の担当官もさんざん隘路の世界観を否定しようとしたが、無駄だったとのこと。

烏鷺は言う。

「どうでもいいけど、その気色の悪い薬作りが終わったのならキッチンをあけてくれる? ご飯をつくりたいんだけど」

「ご飯? 必要ないな、もう済ましてある」

キッチンのゴミ袋の中には、コンビニで買ったであろうナッツやドライフルーツの袋があった。一日にほんの少しだけ、隘路はこんなものを食べているのだ。

「これじゃ、栄養が足りない」

あまりにひどい食生活に烏鷺は顔をしかめる。

「いやいや、向こうの世界ではもっと粗食をしていたよ。食事など、ほんの少しの草で十分。この身は清廉なる知の固まりだ。下劣な食物なんぞで汚すわけにはいかない。肉を焼き、魚を煮るのは蛮族たちのすることだ」

「そんな生活ができていたのは、君が『魔女』だったから。森で過ごす『キャラクター』だからこそ、寒さや空腹に耐えうる力を世界に与えられていた。でも本来人の体は、そんなには強くない。現に、君の体重はずっと下降を続けている。このままじゃ倒れるぞ」

「倒れない。魔女は強い」

聞くお耳を持たない元魔女に、烏鷺は嘆息した。

「……どうしてそうまで『魔女』であり続けようとする？　固執するほど『贈与者』程度のポジションに価値があるとは思えないけど」

隘路は烏鷺のその言葉にカチンときたようで、キッと睨みつけてくる。

挑発成功、と烏鷺は心の中で呟く。

「……キミの無知は本当に度し難いなあ！　『贈与者』は最重要なポジションだ！　いいか、その貧しい脳を使って考えてみろ。贈与者抜きではあらゆる物語は成立しないぞ。シンデレラが王子の元へ行けたのはなぜだ？　魔女からかぼちゃの馬車とガラスの靴をもらったからだ。白雪姫が王子とキスできたのはなぜだ？　魔女から毒のリンゴを介して死をもらったからだ。人魚姫が王子の元に行けたのはなぜだ？　魔女から脚をもらったからだ。この世で、そして異世界で紡がれるすべての物語は贈与者がいるから成立するんだ。特に魔女！　わかったかこの愚者め！」

息を乱して元魔女はまくしたてる。怒りのせいか、口元がぴくぴく痙攣《けいれん》していた。

「すばらしい自負だね。前に担当した『主人公』より君のほうがよっぽど自信満々だよ」

烏鷺が『主人公』というワードを出した瞬間、隘路は露骨に嫌悪感を示した。

「ん？　『主人公』は嫌い？」

「『主人公』など……おもちゃを振り回している子供といっしょだよ。与えられただけの力を使って調子に乗っている、くだらない存在だな！」

「ふうん、そう？」

「わからないか。まあいいよいいよ、キミと口をきくことはもうないから。さっさと出ていけ。

二度とここに姿を見せるなよ。もう家にも入れてやらないからな！」

「へえ。もう口きいてくれないの？」

「…………」

「山」

「…………」

「川」

「…………」

「言わなかったけどそのキャミソール、下着透けて――あぐっ……」

頰を張られた。

5

月の出る、静かな夜。

今夜も『魔女』は塔を訪れていた。俗世から隔絶された小空間に、苦心して集めた小物を並べ、その中央に黒衣の自分を配置する。

額に汗して舞台装置を整え終えると、隘路は古書を手に取った。書名は『魔女の槌《つち》』。魔女の正しい拷問方法を記したマニュアル本である。

この地球の魔女についても、隘路はしっかり勉強しているらしい。

静かに、静かに、本から知を蓄え――

――コトッ。

と、足音に隘路は本を閉じた。部屋の入り口へと目をやり、今夜の客は誰だろう、とたしかめる。

「ああ、キミか」元魔女の顔が綻ぶ。

「よっ。隘路久々！ いや今は魔女？ つか、またちょっと痩せた？」軽い調子で魔女の部屋へと入ってきたのは、上下ジャージ姿の体格のいい女子だった。隘路と同年代くらいだろうか？

彼女が身につけているのは部活のチームジャージのようで、背中に『foot ball』、肩の部分に『真白紫苑《ましろしおん》』と刺繡《ししゅう》されている。女子サッカー部所属の真白紫苑という子らしい。

古風な肩空きの黒ワンピースを着た隘路と、ジャージ姿の女子高生。タイムスリップものの映画を見ているかのように、絵面はちぐはぐだ。

＊

「誰だ、この子？」

別室のモニターで隘路を監視していた烏鷺は呟きながら、同僚の眼鏡にメールを作成した。

『大事な大事な眼鏡を割られたくなかったら女子サッカー部の真白紫苑という子について情報を集めろ。明日までだ』

＊

「代表戦とやらはどうだったんだ？」陰路は友人に訊いた。

「だーめだったよー！　せっかく呼んでもらったってのに、全然だめー！　ゴールどころかボールに絡めなかったし。アングロサクソンさんたちまーじで強いってほんと……。せめて楔《くさび》役になりたかったんだけどさ、フィジカルが違いすぎた。もうだめだよー」

「キミの言っている言葉の意味がほとんどわからないが、まあ失敗したということか。もっと簡潔に言ってくれると助かるが？」

「前から思ってたんだけど、陰路の脳味噌アップデートが遅れてんじゃね？」

「この知の固まりである魔女に、ずいぶん言ってくれる。いいよいいよ、もうここには入れてやらないから。出てけ出てけ」

「悪かったよー。すねんなって陰路ちゃん」

＊

「ずいぶん、楽しそうだなあ」

僕とは会話してくれないのに、と烏鷺はぼやく。『贈与者』を軽んじる発言をしたあの一件以来、烏鷺は隘路にずっと無視されていた。

　と、メールが届く。差出人は眼鏡だ。どうやったのか、もう調べが済んだらしい。仕事の速い眼鏡である。今度サングラスでも買ってやろう。

『私の眼鏡に手を出したらあなたの黒歴史にまつわる報告書が職員全員に流出しますよ。それはそうと、ご依頼の情報を用意しました。報酬は隘路ちゃんの写真三枚で手をうちましょう。寝顔を一枚混ぜるように』

　あの眼鏡、最近性癖を隠さなくなってきたなあ、と呟きながら烏鷺はファイルを解凍する。眼鏡情報によると、隘路と今いっしょにいる真白紫苑は女子サッカー部のエースで、先月末に世代別の代表に招集され、一昨日まで欧州にいたらしい。なるほど有名人だからこんなにも早く情報が手に入ったのだろう。

＊

　隘路と一頻《ひとしき》りじゃれた真白紫苑は、「ところでさ」と口調を切り替えた。

「魔女様、あのさ……実は私さあ、次で結果出なかったらもう呼ばないよ、って監督に言われててさ……絶対失敗したくなくて、だからまた私の脚を――」

「いいよいいよ、みなまで言うな。キミの言いたいことぐらい察するのはたやすいさ。――じゃあさっさと脱いだ脱いだ」

紫苑はパァァッ！　と顔を輝かせると、言われるがままにジャージの下を脱ぎ捨て、隘路とは似ても似つかない筋肉質な脚を夜気にさらした。

「そこに寝るんだ」隘路は床の紋様の中央に紫苑を導く。寝かせた友の周囲にオリーブの葉や獣の頭蓋を置いて、儀式のセットを整える。

そして棚から薄刃のナイフを持ち出すと、せっかく瘡蓋《かさぶた》のはりはじめていた指先をまた切った。

紅い血を、元魔女は友人の二本の脚に垂らす。血を浴びる友人は、恍惚《こうこつ》とした表情で隘路の五体を巡る水を迎えた。その血が己に益をもたらすものと、信じて疑っていない様子だ。

隘路は笑っていた。

己の力で他人を変える――これこそが贈与者の本懐なのだと言わんばかりの表情で。

6

隘路の監視を終えた烏鷺は夜道を散歩していた。遠い遠いお空の向こうの星々を見つめながらたばこをくわえ、ふうっと紫煙を吐き出す。

そうしながら考えるのは隘路のことだ。

ずいぶん反発されてしまったが、元英雄との生活の始まりはいつだってこんなもの。隘路が特段難しいわけではない。

ここから時間をかけて少しずつ日常に回帰させればいい——通常なら。

だが今回は、あまり猶予はなかった。

「呪い屋、か」

隘路は高校の敷地内で見つけた廃墟《はいきょ》の中で、呪い屋をひらいていた。子供騙《だま》しのお遊びではあるのだが——演出が凝りに凝っているからだろう、彼女のそれは根強いファンを多数獲得していた。口コミでひろまったのか、最近は小学生まで出入りしているようだ。

このような行為はあまりよろしくない。退役英雄日常回帰補助機関の定める『反社会的勢力参加防止を目的とした特別規則』に抵触する恐れがある。

該当すると判断されれば一発で日常評価点は地に落ちて——特別研修という名の軟禁・投薬が待っている。

そして、烏鷺が焦る理由はもう一つあった。

「食べろよ……」

隘路がろくに食事をとらないことを烏鷺は何より心配していた。

拒食症というほどではないが、あれでは体が持たない。頬がこけ始めている。

健康診断の結果もあまり芳しくなかった。ヘモグロビン値もＡＬＰ値もあまりに低い。血が、薄すぎる。

「…………ッ」

烏鷺は隘路の前任の担当官に激しい怒りを覚えた。なぜあんな状態で、隘路を放置したのか。健康状態の悪化だけは看過しがたい。

どうすれば、まともな食事をとるようになるのだろう。そもそも隘路が食事をしないのはなぜだ？『魔女』は粗食だから食べない、それだけだろうか？

「そもそも隘路はどういうつもりで――」

魔女を演じ続けているのだろう。

魔法を使うことができない自分がもう魔女ではないことぐらい、隘路だって実感しているはずだ。

偽物だとわかったうえで、彼女は魔女で在り続けようとしている。それは、どういう気持ちなのだろう。『魔女』という仮面の下に隠れた本当の彼女を理解するにはどうすれば――

「ああ、そうか」烏鷺は気づく。「訊けばいいいんだ」

偽物の世界観の破り方は、偽物のエキスパートに質問すればいいのだ。

7

十六階建てのそのビルのエレベーターには、しかし十四階までしか表示がなかった。

十四階に到着しても自動で扉が開くことはなかったが、電盤のスリットにカードを通すと部屋はしぶしぶ烏鷺を迎えてくれた。

「いつ見ても、変な部屋だね」烏鷺は現れた空間を見回す。「頭がおかしくなりそうだ」

ビル三階分のフロアをぶち抜き造ったその大空間は、すべてが白い。

清洌《せいれつ》なまでの白。

照明はたいして強くないのに、つねに眩《まぶ》しい。

もしもこんなところに魔女が迷い込んだりしたら、一秒で浄化されてしまうだろう。普通の人間だって長居はできない。

だがこの部屋の主は、年中ここで過ごしてめったに外出することはないという。

「あ、いた」

大空間の隅、大量のカンバスと画材に囲いこまれたその場所に、彼女はいた。

ふっ……ふぅっ、はぁ……、と息を漏らしながら絵筆を繊細に躍らせている、この部屋の主。

白い部屋とは対照的に、彼女の周りは雑多な色に満ちあふれている。

「お久しぶりです」

声をかけるが、創作に熱中しているようで気づいてはもらえなかった。烏鷺は白い床に脚を投げ出すようにして座り、彼女の創作部屋を眺める。

油絵の具、亜麻仁油、アクリル、ペンキ、カンバス、筆、パレット、パレットナイフ——使い込まれた画材の数々。

いっさいの不純物が排された、ある意味理想的なアトリエだ。

烏鷺は彼女が今まさに描いている絵に目をやる。描いているのは——おそらく、ゴッホの新作だ。

タッチも題材も雰囲気も、すべてが十九世紀に生きていた俊才の作品そのもの。

と、

「あぁ……？　ああ、アリスの」気配に気づいたのか、彼女は烏鷺のほうを振り向いた。

「気づくの遅いよ」烏鷺は言った。

「お前が気づかれるのが遅ぇんだよ」汚れに汚れたエプロンを勢いよく脱ぎ捨て、チューブトップ一枚になる彼女。「いいからたばこよこせ。変わったやつな。どうせキワモノ吸ってんだろ？」

「うん、どうぞ」

烏鷺は夕ヒチの巻きたばこを差し出した。惜しかったが、これから教えをこおうというのだ、けちってもいられない。

烏鷺がぽん、と投げたたばこを危なげなく受け取り——その瞬間に彼女はすべてを変える。

「ありがとうおちびちゃん。でもこんな危ないたばこばかりを吸っていてはだめ。フィルターが入ってないじゃない」

「——」

ぞくり、と背筋が震える。彼女の口調も表情も、一秒前とはまったく変わっていた。烏鷺の師であるアリスを完璧《かんぺき》にトレースしている。

「さすが」と烏鷺は感嘆の声を漏らす。「さすがは贋作者《がんさくしゃ》」

蕪木《かぶらぎ》牢記《ろうき》。

史上もっとも優れた腕を持つ贋作者にして、元英雄たちの絵画クラス担当者。

8

「こないだは『主人公』の担当をさせられていたのに、今度は魔女？　おちびちゃんもずいぶん変なのばかりを回されるじゃないの。期待されているのか、それともいじめかしらねえ」

「どっちにしろ、同じようなものだよ」沸騰したお湯を紅茶のカップに注ぎながら、烏鷺は言った。「あと、アリスの真似はもういいから」

「あらあらいいじゃないの。これサービスよ？　ねえ、覚えてる？　あなた小さいころ、アリスが任務でどっかいくたび私のとこ来て、『ねえ、アリスの真似してぇ』って」

「覚えてないな」

「お風呂《ふろ》まで入れてあげたのに？」

「知らないな」

「ところであなた、こないだ担当した『主人公』のために剣まで持ち出したんですって？　眼鏡君がげらげら笑いながら教えにきてくれたわよ」

「…………」あの眼鏡は、いつか必ず叩き割る。

ローテーブルにカップを並べ、烏鷺はソファに腰を下ろした。

応接室の壁には、みごとな——いや歴史的な傑作絵画が並んでいた。

ルソー、ゴッホ、ゴーギャン、ルノワール——世界中の誰もが知っている巨匠たちの作品。

しかも未発表。

すべてが、牢記の描いた偽物なのだが。

しかしその圧倒的なクオリティと存在感はどんな有識者でも騙しきる。科学鑑定すら。

『レッドホワイト、イエローオーカー、クロムイエロー、ローシェンナ、レッドオーカー、バーントシェンナ、シナバー、ローアンバー、バーントアンバー、テールベルト、天然ウルトラマリン、アイボリーブラック。

この十二色を持ってこい。いつでも美術史を描き変えてやる』

彼女はそう豪語する。

オークションハウスに出る絵の三〇％は贋作であると言われているが、牢記が死ねばその割合はもう少し下がるだろう。

「ねえ、牢記はどう糾弾されれば贋作をやめたくなる？」

「贋作を？」

「偽物を偽物とわかっていつつ、それを続けている子に、真似事をやめさせたいんだけど」

もう魔女の力はないと知りつつ、それを続ける隘路——どうすれば。

そうねえ、と牢記は言う。

「おちびちゃんは、まず偽物というものが全然わかっていないわね。ええ、まったく未熟。

——いいことおちびちゃん。偽物だって偽物なりに本物なのよ」

「衒学的《けんがくてき》でもったいぶった言い回しは、控えていただけると助かるんだけど」

「あらあら。そうねえ、頭の回転の鈍いおちびちゃんに例をあげて教えてあげましょう——ねえ、あなたドラえもんは知ってる？」

「あの青いたぬきでしょ？　……いやたぬきでもないな。なんだあいつ」

「猫ということで手を打ちなさいな――ねえ、おちびちゃんはドラえもんがあのポケットから取り出す未来の道具についてどう思う？　あんなの、現実世界じゃあり得ないわよね？」

「別に、どうもこうもないよ。そういう世界なんだから」烏鷺は答えた。

「そうよね、そう。現実世界ではあり得ないことであってもテレビの中の世界観に合致しているから、誰もそこに違和感を感じることはない。『現実と違う。あんなのは偽物だ』なんて指摘は野暮なだけ――でももしも」

牢記は――牢記演じるアリスはそこで言葉を切り、おいでおいでと烏鷺を手招きした。恐ろしかったが、アリスにこのしぐさをされると烏鷺は条件反射的に従ってしまう。

牢記は烏鷺の耳元で言う。

「もしもドラえもんがあの丸い手でスマートフォンをいじっているのを見たら、お前はどう思うだろうか？」

男のように低い声で――アリスがときどき使う声で――牢記は言った。

「あの青い猫型ロボットがふだんポケットから出し入れしている道具より、スマートフォンのほうがよっぽど現実的だ。だが我々は後者のほうにより違和感を抱いてしまう。世、界、観、に、そぐわないからだ。偽物とは現実との違いではない、ある世界の中に生じた齟齬《そご》のことだ。徹底的にそこをついてやればその世界の制作者を屈服させることもできるし、何より裏の事情を推測することができる。スマートフォンの会社がスポンサーにでもついたのだろうか、という具合にな。

いいか、頭ごなしに『そんなのはあり得ない』と世界そのものを否定するのではなく、隘路という少女の世界の中に入り込み、違和感のある場所を細かく探せ。そこにその子の本当があるはずだ」

「――――」

烏鷺の頭の中で、何かがはじけた。

そうだ、あのとき。蜘蛛をすりつぶしているとき隘路は――

ならば、食事をとらない理由は――

「ありがとう牢記！」

烏鷺は思わず牢記の手を握りしめていた。相手が絵描きであることも忘れて、強く強く。

「やめっ……やめろ馬鹿っ！　痛い、痛いっ！　やめっ……手はやめろぉ！」

「ああ、ごめんね」牢記の手を解放し、烏鷺はにっこり微笑む。「ありがとう、やっと進む道が見つかった気がする」

「あぁ、そうかよ。ならさっさと帰れ帰れ。あ、たばこは置いて帰れ」

「うん」

烏鷺はありったけのたばこを置いて、さっさと牢記の部屋を後にした。

魔女の真似事をやめさせるのはもう少し時間がかかる。しかし、隘路にご飯を食べさせることはきっとできる。

9

「仲直りをしよう」

烏鷺は翌日、隘路宅を訪れそう言った。

「……キミは私の話を聞いてなかったの？　『贈与者』の価値を解さないような愚者と話すことはないと、そう言ったんだ私は！　お耳が腐っているのかなあ？　秘薬でもつくる？」

「うん、だからそれに関しては僕は全面的に間違っていた。謝罪のチャンスが欲しい」

「口だけでは何とでも――」

「いや、口だけじゃない」烏鷺は台車に載せておいた小箱を見せた。「君にプレゼントがある。ほら、高級食材」

「本当に度《ど》し難《がた》い愚者だね……キミは。物で釣ろうというその魂胆からして気にくわないし、食物なんざでこの身を汚すつもりはないよ。わかったのならさっさと帰れ、さあ帰れ。私は研究で忙しい」

「そう？　すごくいい食材なんだけど、まあ見るだけ見てみなよ」

烏鷺は隘路の目の前で、アルコールで手指をしっかり消毒してから小箱を開いた。入っているのは一食分ずつ真空パックで密閉された野菜と米だ。

「この業者は鮮度と衛生状態にとても気を遣っていてね、収穫して洗浄すると余計な菌がつかないようにすぐにこうして密閉するんだって」

「……ふうん」少しだけ、隘路の目に興味の光が宿る。

「本当は高級レストランとかに連れていってあげたかったんだけど、でも外の料理は清潔かどうか疑わしいからなあ……。――僕、潔癖だから気になっちゃうんだよ」

「――――」

隘路の見る目がはっきり変わったことに気づかない烏鷺ではなかった。迷子のときに手をさしのべてもらった幼子のような、そんな表情を見せた。

「……そうなの？　ま、まあ、不潔よりはいいんじゃない？　そこまで言うのなら、この食物も受け取ってやらないこともないよ。いつまでも怒っていては魔女の器量を疑われてしまう。

キミの差し出す供物と引き替えに私は許しを与えよう。今後、話ぐらいならしてあげる」

「ありがとう」烏鷺は微笑む。「ねえ、よかったらその食材、僕が料理するから家に来ない？」

「キミん家に……？　ああ、うん……まあいいけど」

烏鷺の申し出を、隘路は皮肉を言うこともなく素直に受けた。

あれだけ言って食べなかったご飯を、食べてくれると。

――ああやっぱり。

最初に違和感を抱いたのは、隘路が蜘蛛をすりつぶしているときだ。

隘路はあのとき、ゴム手袋とマスクをしっかりつけてアルコールで手指を消毒していた。

その衛生観念は魔女らしくない。

古今東西、魔女の秘薬の材料に使われるのは虫や小動物の死骸や糞《ふん》、それから人の尿などである。異世界の魔女であってもそう変わらないだろう。

魔女とは、不衛生な存在なのだ。虫と小動物の巣窟《そうくつ》である森の中に住めるのが『魔女』という記号の在り方で――だから、あんなにも菌に気を遣うのはおかしい。世界観が綻《ほころ》んでいる。

もしも魔女ならゴミ屋敷にだって平気で住めるだろう。

その部分だけ、隘路は魔女らしくなかった。

烏鷺は一つの仮説を立てた。

——隘路は『魔女』であったころ、汚いものへの生理的嫌悪感のスイッチを、切られていたのではないだろうか。そうでなくては魔女としてはやっていけないから。

しかし、この地球に引き戻されて、隘路の中に汚物を忌避する感覚がよみがえったのだ。今まで平気だった虫や糞に素手で触れない。どうしても吐き気がしてしまう——隘路はそして、一時的な潔癖性に陥ったのではないだろうか。初めて生じた汚れたものへの忌避感に、すべてのものが過剰に汚く思えたのだろう。

虫を潰した自宅のキッチンで調理なんてする気になれず、しかし外食店で出てくる料理も信用できない。だから密閉されたパックに入っているドライフルーツなどで空腹をしのいでいたのだ。

魔女は粗食だから食べないだなんてただの口実だ。清潔でさえあれば、隘路はちゃんと食べてくれる。

牢記のおかげでそれに気づくことができた。ゴム手袋やマスクという隘路の世界観の綻びに気づくことができた。

「はい、まず野菜スープだよ」

「ああ……」

スープ皿といっしょに、綺麗に磨いたスプーンを渡した瞬間——隘路の目がたしかに潤んだ。

食べたくないわけでもないのに食べることができず、魔女のプライドがあるから助けを求めるわけにもいかず、冷たく味気ない食品ばかりを食べていた、普通の少女。

でも、少しだけ烏鷺が救いになることができた。

——ああ、このために僕は……。

10

翌日、隘路宅を訪問すると、出てきた彼女は「あ……」と照れるようにうつむいた。昨日たくさん食べたことを恥ずかしく思っているのだろう。

「……なあに烏鷺君、どうしたの？」

「うん、いやあほら。前に君に言った『贈与者』に関する悪口、あれの償いをね、もっとちゃんとしようと思って」

「それなら、昨日謝ってくれたじゃないか……別にかまわない。もう怒ってないから」

「いやいや、あんな中途半端な償いじゃあ僕の気が済まない。というわけで、今日はもう一つプレゼントを持ってきた」

「また、プレゼントを？」

「うん」

烏鷺は台車に載せたそれを隘路宅のドアまで移動する。それを目にした瞬間、元魔女は「ひっ……」と身を引いた。

「――二十日鼠《はつかねずみ》。魔女には欠かせないパートナーだよね！」

「い……いや、たしかにそうだけど……だ、だけど」

「え、どうしたの？　向こうの世界で使い魔とか薬の材料にしてたでしょ？」

「してた……してたけどさぁ！　世話の仕方とか、わからないし……」

「大丈夫大丈夫、ちゃんと教えてあげるから。二十日鼠の糞ってたくさんの秘薬の材料になるから、いなきゃ話にならないよね？　ああそうだ、蜂蜜《はちみつ》も持ってきたよ。――二十日鼠の糞と蜂蜜を混ぜると、毛生え薬になるらしいね」

糞という汚物と、蜂蜜という身近な食物。その二つが混ざりあうところを隘路はリアルに想像してしまったのだろう。彼女は、「うっ……」と口元を押さえた。

烏鷺はそれでも容赦なく、隘路の自宅の中に二十日鼠を運びこみ、ゲージを設置する――隘路をこの家にいられなくするために。

潔癖性の隘路がこの環境に耐えられるはずもない。

この際隘路には、完全に自宅を出てもらうことにしたのだ。こんなに生活力のない子を一人にしておくのは、もう無理だ。

「あ、そうだ。ところで隘路、君の書いた書類にたくさん不備があったから直してもらいたいんだけど。ちょっと僕の家に先に行って待っててくれる？」

「え……？　あ……ああ」

さりげなく、隘路を烏鷺の自宅へと誘導する。二十日鼠の存在で自宅にいられなくなった隘路は、今後烏鷺の家から出たがらなくなるだろう。

同居は規則違反ではあるが、この際しょうがない。隘路をほったらかした前の担当官が悪いのだから。

ふう、と烏鷺は一息ついた。これでやっとスタート地点。

前に担当した『主人公』はわりと最初からちょろかったので忘れていたが、本来日常回帰とはスタート地点にたどり着くのにも苦労するものなのだ。

さて、次にやるべきは――

隘路のやっているあの呪い屋さんを、やめさせることだ。

四話　魔女の本懐

1

『主人公』は旅に出なくてはならない。

欠落だらけの世界を救うため、世界の果てまで新たな力と秩序を探しにいくのだ。

だが、人のままでは旅の成就は不可能だ。怪物ひしめく世界の果ては、ただの人が踏破できるような場所ではない。

だから主人公は、旅の序盤で人ではなくなる。脆弱な肉体と繊細な精神を捨て去り、『英雄』という記号をもらう。

『贈与者』から、新たな自分をもらうのだ。

魔女、妖精、賢者、渡《わた》し守《もり》、鍛治屋《かじや》、『聖母マリア』、『蜘蛛の老婆』——さまざまな形態《かたち》をとって姿を現す贈与者たちが主人公に加護を与える。武器や移動手段を贈《あた》え、何者でもない人間を『英雄』に変貌させる。

贈与者とは、つまりは洗礼者である。ただの人を英雄に変える者。

武器を贈えることは手段であって目的ではない。

贈与者の本質は、相手に変化をもたらすことにあるのだ。

「つまり、だ。武器や移動手段を贈えることができなくても、結果として誰かをよりよく変えることができるのならば、それはれっきとした贈与者だ」

「へえ」

「たしかに私は魔法を失い、人や世界に干渉する術を失った。だがそれでも、やり方次第ではこの地球でだって私は贈与の魔女でいられる。要は、人を変えさえできればいいんだからね」

「そうなんだ」

「そうそうそうだよそうなんだ――ところで烏鷺君、その作業はいつ終わる？　そろそろ寒いよ、早くして」

贈与者論を語る隘路は薄いキャミソールだけの上半身を抱き、対面に座る烏鷺の作業を急かした。

烏鷺の手の上には、醬油《しょうゆ》で汚れた隘路お気に入りのワンピースがのっていた。「醬油をこぼす魔女というのも、なかなか斬新《ざんしん》だなあ」

「……うるさいな。じゃあ何をこぼせば魔女らしいのさ」

「何も、こぼさなければいいんじゃない？」烏鷺は歯ブラシで染みに中性洗剤を押し込んでいく。「こんないい服着て、食事なんてするから」

「……言葉もないが、でもしかたないだろう！　魔女が普通の服を着て過ごすわけにはいかないからね」

「へえ。そうなの？」

「ああ、そうだよ」

　隘路は寂しげに目を伏せた。

「悔しいが、この身にはもう魔力はないし地球にはそもそも魔法なんてないらしい。ああ、認めるよ……。魔導書とかあれ全部デタラメだった……金返せ……。

　——それでも、そんな場所でもなお魔女で在り続けるには『魔女』を装い続けるしかない。かたちを整えそれらしくしていなくては、私は本当に魔性を失ってしまう」

　よくわかってる子だ、と烏鷺は思う。

　裁判官は法衣を身につけ、コックは長い帽子をかぶり、兵隊は軍服を着る。そうすることで、人はその存在を記号化し、存在以上の権威を得る。

　衣服や意匠の重要性を、隘路はちゃんとわかっているのだ。さすがは森の賢者である。

「でも、たまには気を抜くときがあってもいいと思うけど。真っ白い服とか似合いそうなのに」

「……うるさいなあ。キミの趣味嗜好なんて知ったことではないよ——というか烏鷺君、私知っているんだからな。キミだってデスクに剣を飾っているじゃないか。なんだよなんだよ、私には魔女をやめろとか言うくせに、自分は英雄気取り？　説得力がないなあ！」

ぐっ……、と烏鷺は顔をしかめた。

「なかなか痛いところをついてくるね……。あれは黒歴史を忘れないようにするために自戒をこめて……いや大事なものではあるんだけど……」

「？　珍しく歯切れが悪いね？」元魔女は動揺しまくる担当官の様子に首を傾げる。

「いや、何でもない」こほんと一つ咳《せき》をして、烏鷺は調子を整えた。「とにかく僕が悪かった、仲直りをしてくれるかな？」

「いいよいいよ、わかってくれればそれでいい。魔女は残酷だが寛容でもある。快く許して――……なあに烏鷺君？　どうしてじっと見てくるの？」

「いや、別に」ふふ、と笑う。

元気に烏鷺とやり合う隘路の肌は、数日前とは比べものにならないほど艶《つや》めいていた。体型も、まだあばらは浮いているだろうが以前に比べて少しふっくらしている。

潔癖性でろくに食事をとれずやせ細っていた隘路だが、烏鷺が「清潔な」食物を提供することで、健康を取り戻したのだ。

ああ嬉しいな、と烏鷺は思う。

人を変え続けようとする隘路の気持ちがよくわかった。この喜びは麻薬だ。

「そろそろ夕飯にしよう。隘路、何か食べたいものは？」

「……醤油を使わないものがいいかな」

2

「軌道には乗った、か」

熱いシャワーを浴びながら、烏鷺はふぅっと一つ息を吐く。

十日前から半ば同居を始めて以来、隘路の日常回帰は順調に進んでいた。生活が整ったことで、自分が肉と骨で構成された人間であることを思い出したのだろう。

ふわふわ空想上で生きてる子供に、この地球の狭量な世界観を実感させることは難しい。まず地に足をつけてやることが、何より重要なのだ。

「あとは、あの呪い屋か」

バスルームへと持ち込んだたばこに火をつけ、心の糧を吸い込む。

換気扇へと吸い込まれていく紫煙を眺めながら、烏鷺は今後に思いを馳せた。

次は呪い屋をやめさせなくてはならない。生きがいを奪うのはかわいそうだが、社会の規範を遵守させなくては隘路の自由が奪われてしまう。

——算段はすでについている。

あの呪い屋を納得ずくでやめてもらう方法はすでに考案済みだ——と。

「————」

脱衣所の扉が開く音が聞こえて、烏鷺は少し身構えた。この家には隘路と烏鷺しかいないはずなのだが、まさか何者かが——「ああ、なんだ隘路か」

すりガラスに浮かび上がったシルエットは同居中の元魔女のものだった。何の用だろう？

また服に染みでもつけてしまったのだろうか。

「——なあ烏鷺君、この地球で『変わる』というのはすごく、すごく難儀なことだね」

「うん？　まあそうだね」

訳がわからなかったが、とりあえず同意しておく。きっとまた、突発的に持論を語りたくなったのだろう。

扉越しに、隘路は続ける。

「向こうの世界ではさ……魔法で武器とか移動手段を贈えておけば、短期間で人を英雄に変えることだってできたのに。まったく……地球ってのは本当に厳密すぎるよ。何をしたって、状況は簡単には変わりはしない」

「そうだね」実感を込めて、烏鷺は頷いた。「地球は窮屈だ。死ぬ気で長い準備期間を捧《ささ》げなくては、変化させてもらえない。だから人は酒とかセックスとか麻薬とか、かりそめの『変化』をもたらしてくれるものを求める。君の呪い屋もそうだ」

「ああ、認めるよ。私の呪い道具なんざはっきりいって子供騙しだ。だけどあれを贈えると、あの子たちは自分の生活に変化が起こると信じて喜ぶんだよ」

たとえ嘘の救いだろうと、一時的に痛みを和らげ、心の破綻を先延ばしにすることぐらいはできる。だが——

「でも、それは一時的な麻酔にすぎないよね。君のお客さんたちには、いやおうなしに問題に向き合わなくてはならない瞬間が後で必ず訪れる。そのとき、君にできることは？」

さて、今日の隘路はどう出るか。

いつもならこのあたりで『贈与者の力を疑うなんて、無礼な奴だなあキミは！』と隘路がキレて、理屈をすっ飛ばした感情論が始まる。だが、今日は違った。

「ああ」

隘路は何かを諦めるように苦笑した。

「たしかに『贈与者』一人ではどうしようもない。助けにはなれないさ。だって贈えようにも、この地球には魔法も、伝説の武器もないのだから。変化を贈えてあげられない。苦境から救い出してあげることなんて、とてもとても……。

──でも、『魔女』タイプの贈与者なら違うんだ。違う、違うんだよ……」

「隘路？」

「……烏鷺君、魔女はね、まさにそのときこそ力を発揮するんだよ。人が右も左も真っ暗闇の状態に陥ったとき、魔女はその暗闇の中から顔を出す。そして慰撫を贈える。単なる贈与者のさらに先へと進む。魔女とはそのための記号、いや──機能だ」

「隘路、何が──」

「正直ね、迷ったんだ。あいつのために魔女にまでなってやる必要があるのかと……。出会ってまだ間もないし、贈与者としてはいろいろやってあげたし……。それに私だってもう少し烏鷺君と楽しい日常を送っていたかったし……」

「隘路？」

「……烏鷺君のご飯はすごく美味しい。烏鷺君の掃除してくれた場所はすごく綺麗だ。烏鷺君がそばにいると、安心するよ。

　それは悪くない日常だった。これが手に入るなら、『魔女』を捨ててもいいかな、って揺らぎそうになるくらいに……でもどうせ、今この瞬間は、ほんの少しの間の夢なんだろう？

　──なら、私は迷いなく、魔女の道をとるよ」

3

「なんだ、いったい」

服を身に着け自室に戻り、烏鷺は先ほどの隘路について考えてみた。だがいくら考えても、元魔女が態度を急変させた原因に、思い当たることがない。何が――と。

「――――」

自身のデスクの変化に、烏鷺はすぐに気がついた。ファイリングして引き出しにしまっておいたはずの報告書が無残に散乱していた。

誰がやったのかは明白すぎる。

先ほど剣の話題で動揺した烏鷺に、隘路は疑問を抱いたのだろう。いったい過去に何が、と剣やデスクを調べ――そして見つけてしまったのだ。烏鷺が過去に担当してきた元英雄たちに関する書類を。そして知ってしまったのだ。

自分だけが烏鷺の特別ではないことを。

「…………とにかく」

とにもかくにも、すぐに隘路のフォローをしなくてはいけない。烏鷺は急いで部屋を出たが、

「険路？」

家のどこにも、険路の姿はなかった。

「…………ッ」

立ち入った険路の部屋からは、樫の杖や獣の骨といった彼女お気に入りの魔女グッズが綺麗さっぱり消え去っていた。

「なるほど、ね……」

烏鷺はここに至り、事態を把握した。

険路の失踪は烏鷺の不貞（？）にショックを受けての突発的な家出、というわけではないらしい。でなければ、こんなに手際よく物を運び出せるわけはない。

前々から、おそらく数日程前から、計画していたことだったのだろう。

ずっと姿を消すことを考えていて――だけど険路は、実行するかどうかを悩んでいたのだ。

自分を世話してくれる烏鷺に恩を感じて、先延ばしにしていたのだ。

だがそんな険路の気持ちは、報告書を読んで無残に崩れ去り――計画を実行した。

すぐに発見しなくてはならない。あの思慮深い子がこんな大胆な行動に出たのだ。何か大きなことを起こそうとしていると見て間違いない。

すぐに本部の行確に連絡を――いや。

「だめだ」

隘路はすでに呪い屋という問題行動を重ねている。ここでさらに失踪という重大なマイナス評価がついた場合、まず間違いなく『特別研修』送りだ。軟禁、投薬、カウンセリングによる人格改変……うちの機関は更正の意欲に乏しい者には容赦がない。黒いものは漂白してしまえばいいと思っているやつらが、上に揃《そろ》っているのだ。

というか、地球はそもそもそういう世界だ。『みんな』と同じようにふるまえないものは、犯罪者以下の扱いを受け、その身と心を真っ白に染め上げられる。

隘路のあの空想力やバイタリティーが奪われてしまう。

嫌だ、と烏鷺は思う。

絶対に嫌だ、失わせたくない。

「…………ッ」

烏鷺は以前、自分の担当する元英雄を諦めようとした。カロンからのシグナルを見逃し、大事なものをあっさり手放そうとした。

結局は事無きを得たのだが、あのときの弱い自分をいまだに夢に見てしまう。自身の怯懦に苛まれる。今度は手放してなるものか。

「やるか……」

隘路を救う。もちろん、その心も含めて。

ぎりぎりまで独力であがいて――いや、一人手を貸してくれそうな奴がいる。

「あいつなら――」

鳥鷺はふだんとは別の携帯を取り出し、眼鏡のプライベートの携帯へつないだ。

『はい。いったいどんなめんどう事でしょうね、今度は』

「もしも、だ。眼鏡、もしも君にとってそこでの立場よりも元英雄が大事だというのなら僕に協力を――」

『そんな当たり前のことを訊かれるとは心外ですね。腹が立って腹が立ってフレームが歪んでしまいそうです。用件だけを言ってください。あ、報酬に関しては後に相談で』

「写真十枚だってあげるよ」ぶれない眼鏡に、鳥鷺はふふっと笑った。

やはり眼鏡を協力者に選んだことは間違いではなかった。性癖にはついていけないところはあるが。

「隘路が失踪した。だから探す。――以前調べてもらった隘路の友人、真白紫苑のさらに詳細なデータを。もうまとまっているよね？　それから、彼女の住んでいる地域の地図を。ゼンリンの地図以上の精度で」

失踪というのは基本的には縁故を頼って行われる行為である。すぐに自殺するつもりでもない場合、通常は知り合いの家に転がり込んでいる。

まず間違いなくそれは真白紫苑だろう。彼女以外、隘路に同年代の友人はいない。

『はいはい、送りましたよ』

「仕事の速い眼鏡だ」タブレットを開き、ファイルを解凍する。

『真白紫苑――女子サッカー界で幼いころから将来を嘱望されていた大型FW《フォワード》。なかなか期待ほどの結果は出せなかったようですが、小学生のときにも中学のときにも世代別の選抜メンバーに一度選ばれています。

その後は特待生として高校に進学――ですが最近は不調に陥っていたようです。というか怪我でしょうね。最近の試合映像でも不自然に脚を引きずっています。類推するに、おそらく重度の膝蓋腱炎《しつがいけんえん》でしょう』

「膝蓋腱炎……ジャンパーズニーってやつ？　治療は？」

『していた様子はありません。もともとメディカルチェックを素通りしやすい怪我ですから、本人が自覚症状を訴えなければ治療は行われません』

「なぜ隠す？」

『一つはタイミングでしょう。彼女はそのころ、世代別の代表としての声がかかっていたようです。チャンスを棒に振りたくなかったのでしょう。

それから環境です。彼女は特待生という立場で高校に通っているわけですから、怪我が重度だった場合その立場を失いかねません。

……付け加えるなら、彼女の家庭環境は絵に描いたように荒廃しています。たった一人の肉親である父親は経営していたレストランが潰れて以来、働きもせず、親戚《しんせき》に借金を重ねながら怠惰な生活を送っています。

そんな家庭環境で過ごしてきた子ですから、特待生としての立場を失ったら将来はない、と通常以上の危惧を抱いたのでしょう』

痛くて、でも痛みを訴えられるような状況になくて、そして彼女は――

「それで、隘路の心霊治療にはまったか」

『そういうことでしょうね』

隘路なりに、哀れな特待生の痛みをなんとかしてやりたいと必死だったのだろう。演出に凝って治ると信じ込ませ、そして実際に痛みを緩和させてきた。そのように錯覚させた。

だが――

『ですが三日程前から真白紫苑は部活に出ておりません。風邪という名目ですがおそらくは……』

「壊れたな」傷んだ靭帯が限界を迎えたのだろう。

『そう考えるのが自然でしょうね。彼女は選手生命を棒に振ったことになります。つまりは、特待生としての身分も、もう』

なるほど、隘路は今ひどい状態にある真白紫苑の元に向かったのだ。でも、どうするつもりだろう。

完全に壊れた膝を再生することは、魔法を持たない魔女には不可能だ。

実質的な力を持たない贈与者に、できることは？

「まあいい……あとは直接たしかめる。ありがとう眼鏡」

『必ず、隘路ちゃんを連れ帰ってくるように。必ずです！』

「うん、必ず」

眼鏡との通話を切るのと同時に、鳥鷺は二人のいそうな場所の選定を終えた。おそらく、ここだろう。

真白紫苑の父が以前経営していたレストランには、今は何のテナントも入っておらず、廃墟と化しているという。魔女の新たな工房としては最適な環境だ。

4

小雨の中バイクを走らせながら、烏鷺は以前隘路と交わした、魔女に関する論議を思い起こしていた。

「『魔女』って何かな？」という烏鷺の問いに、隘路は最初「十三世紀のワルド派への迫害が――」、「地母《じぼ》信仰が――」と、表面的な知識を語り続けた。

そして一通り語り終わると、今度は疲れたような表情で、ぽつりぽつりと、静かにまた語り始めた。

「――魔女はね、とても悲しい存在なんだよ」
「物語において魔女とは、試練という概念の具象だ。わかりやすい、乗り越えるべき苦難。魔女が『試練』を背負って死んでくれるから、事態は好転する」
「この地球でも、魔女の役割は本質的には変わらない。
たとえばかつて行われたという魔女狩りは、元は産婆への迫害から始まったという。生まれるはずの子供が死んだのは産婆が魔女だったから――くだらない言いがかりだ。だけど産婆を魔女呼ばわりした人の気持ちが私にはわかるよ。

死産というやるせない悲劇を目の当たりにして、苦しくて悲しくて、立ち向かうにはつらすぎて……どうしても誰かのせいにしたかったんだろうね。『魔女』という記号を着せた産婆をなぶり殺しにすれば気は晴れる」

「幸福はお空の上の漠然とした何かのおかげで、だけど不幸は、すぐ隣にいる具体的な誰かのせいでなくてはならない。誰かのせいにしなくては、人の心は壊れてしまうんだ」

「私の師もね、魔女としてその身を捧げた。とても美しい人だったのだけれど、その身を削り、主人公につくした。

一つ与えたあの人は美貌を失い、

二つ与えたあの人は醜くなって、

三つ与えたあの人は、もう、人ではなかった。

これこそ魔女の本懐なのよと笑うあの人の貌――おぞましかった。

だけどこの世の何より美しかった」

「私もだから、いつかは、あの人のように気高く、魔女として――」

5

そこは薄暗く、空気はシンッ……と死んでいる。

蛇口は錆《さ》びた針金で固定され、シンクには雪のように埃が堆積《たいせき》している。

数年前まで忙しく人が行き来していた調理場に、かつての活気はどこにもない。

すでに廃墟と化したその空間で、一人の少女が泣き続けていた。

「痛いよぉ……、痛いんだよぉ！　もうずっと痛いんだよぉ……！」

少女――真白紫苑の膝は青黒く変色していた。氷で冷やしてはいるが、その程度では気休めにもならないだろう。

「なんとかして……隘路、お願いだからなんとかして……また魔女の血でさぁ！」

床に蠟で紋様を描いている魔女に向かって、早くなんとかしてよ、と紫苑は懇願を続ける。

「ああ……痛いんだな。つらいだろうね……。でも、もうどうにもならないんだよ……。私があんなインチキやんなきゃ、もっと早くに治療できたかもしれないのに……ああ、本当にごめんな」

魔女は痛ましそうな視線を紫苑に向けながら、作業を続ける。

紫苑は魔女の返答に、絶望の表情を浮かべた。

「そうだよ……！　全部、全部お前の……お前のせいなのに！　なんだよ……だいたい何で、何ですぐ来てくれなかったんだよぉ！　私のことほっといてさあ！　いっしょにいてくれるって言ったのにぃ……！」

紫苑は壁に立てかけていた松葉杖をつかむと、座ったまま魔女の体を打ちすえた。

アルミの杖が魔女の骨にぶつかる鈍い音。

幾度も幾度も同じ音が響き続ける。

「…………ッ」魔女は痛みに顔を歪めたが、声を漏らすことはなかった。それが義務であるかのように、松葉杖の乱打を受け入れる。「ごめんな……ほっといて悪かった」

「どうせぇ……！　私のこと忘れてたんだろぉ！　自分だけぇ……！」

「ごめんよ……ごめんな。うん、夢を見てたんだ……ああ、でももう迷わない。ずっとこの魔女がそばにいるから……」

「…………うぁぁあ！」紫苑は松葉杖を投げ捨てると、顔を伏せて泣き出した。「ごめん、ごめんよぉ……！　ひどいことして、ほんとにぃ！　隘路、隘路ぉ！　嫌いにならないで……！」

見るからに、紫苑は平静な精神状態ではなかった。錯乱、といっていい。

「もお……どうしようもないよぉ！　サッカーできないし！　学校だって退学だよぉ……！　親父は絶対働けって言うし！　脚が一本使えない高校中退のフリーター……？　ねえどうなのそれ？　なにその人生……？　ねえ、ねえ……」

はぁ……はぁ……と荒い呼吸を繰り返し、紫苑は喘《あえ》ぐ。

「…………」

魔女は贈与者として、紫苑にずっとかりそめの安らぎを贈えてきた。

だがこの地球で、贈与者としてできることはもうない。

紫苑の人生を好転させる術はない。

だけど、『魔女』としてなら、もう少しだけできることがある。

紫苑の苦しさのはけ口となり、そして――

「楽になりたいのならこれを飲め……」

魔女は紫苑に錠剤を差し出した。それは秘薬などではない。ごく普通にこの世界にありふれている睡眠導入剤だ。

「眠っている間に、痛くないようにおくってあげるから――私もいっしょにいくから、なら、怖くないだろう？　キミの不幸は私が未熟なせいだ。全部私のせいだ。だから責任をとって、――キミを殺し、キミといっしょにいくから」

自らの手を汚し、そして自らの死をもって、人に安らぎを贈える。

もともと悪性なのだから、人を殺したってかまわない。もともと敵役なのだから、自分が死んだってかまわない。

魔女の贈与の仕方は少々特殊、この身を犠牲に人の不幸を引き受ける。

――それこそが魔女の本懐。

「あ…………」

魔女の示した道に、少女は光を見いだしたようだった。

終わってしまった人生なら、いっそ本当に終わらせてしまおうと――

魔女が側にいて、寄り添ってくれるという。

美しい魔女が、自らに殉じてくれるという。

それなら、と少女は薬に手を伸ばし――

「――残念ながら、却下だ」

6

烏鷺はかつて調理場だった場所へと踏み込み、隘路の手から素早く睡眠導入剤をもぎとった。

「こういうの、どこで手に入れてくるかなあ」

ネット通販？　と首を傾げる。まさか店頭じゃないだろうな。

「烏鷺君……何で、どうして……」

「どうしてって、君を迎えに来たんだよ。帰ろう」

烏鷺は呆然と佇《たたず》む隘路に手を伸ばし――と。

「ふざけんなよ!!」怒声が、廃墟の中に響きわたった。

紫苑は目を血走らせ、烏鷺と隘路を睨んでいた。

「……なんだよ、そいつ。なんなんだよぉ！　なに、彼氏？　私がこんなに苦しいのに、自分は彼氏と……なに、そういうこと？」

「ちがっ――んぐっ!?」

とっさに否定しようとした隘路の口を塞ぎながら、烏鷺は一歩前に出た。

「そうだよ」烏鷺は言う。「ちなみに昨日も一昨日も、僕は隘路といっしょにいた。君のSO

Sを無視して、隘路は僕と生活していた。隘路も楽しそうだったなあ」

むぐぅ……！　と手の内で暴れる隘路を無視して、烏鷺は続ける。

「でも、だから何だ。君の不幸とこの子は無関係だ。君は、自分が苦しいときにほかの人が幸せでいることを、犯罪だとでも思っているの？」

隘路なりに苦悩はしていただろう。友が不幸の真っ直中で、だけど烏鷺にも心配はかけたくない、と。結局は紫苑を選んだわけだが。

「な、なんだよそれ……結局、不幸なのは私だけってこと？　なにそれ……友達だと思ってたのに――」

「で、そもそもの話なんだけど」食いぎみに、烏鷺は言った。「真白紫苑さん、君の現状、別に死ぬほどのものじゃないよね？」

「…………」「…………」

その瞬間、隘路も紫苑も息を止めて絶句した。

成人男子のあまりに空気を読まない発言に、心中を試みようとしていた切実な少女二人は、動きを止めてしまった。

その空白を利用して、烏鷺は続ける。

「真白紫苑さん、現状、君に欠けているものは六つだ。『安心できる住居』『転入できる高校』『まともな保護者』『治療費』『学費』『生活費』この程度だよね」

「この程度って、あんたさあ……！　あんたにとってこの程度でもさぁ‼　私には――」

「だから、全部僕がどうにかしてやる、って言っているんだ」

「……は？」「……え？」

またしても、少女二人は動きを止めた。

「まず、住まいは隘路のところに転がり込めばいい。隘路の生活費を仲良く二人で使え。保護者は真白さんの親戚から適当なのを選んで名前を借りればいい。そしたら次は転校先だ。おつむが残念な君でも入れる高校を見つけてやろう。治療費とか、それから進学費用は仕方がないから僕が貸してやる。奨学金と授業料免除を使えばたいした額にはならないだろうしね。手続きは全部僕がやってやるから、君は病院で寝てろ。顔出さなくていいよ。

ほうら、大人と金の力で簡単に解決だ」

「あんた、何言って……」

「だから、解決策だよ」烏鷺は懐からある冊子を取り出し、真白紫苑に放った。

それは、烏鷺の預金通帳だ。いつの間にやら貯まった小金が、そこに貯蓄されている。

「開いてごらん。十代から働いているとね、たばこで浪費していてもそれぐらいは貯まる。君一人助けるには、まあ足りるだろう。それに僕には救済のノウハウがある。もう何人も子供たちを助け続けているからね」

「なん、で……こんなことしてもらう理由……」

「しかたないだろう。君が不幸だと隘路がいっしょに死ぬとか言い出すんだから、やるしかないんだよ。痛い出費だ。後で返せよ。

さて、改めて訊くよ真白紫苑さん。

君はこれから、たしかにサッカーはできないかもしれない。でも、代わりに気ままな暮らしを送ることができるようになる。友達や彼氏と遊んでもいいし、文化部に熱中してもいい。もちろん受験勉強をしてもいい。大学に入れたらサークル活動でもする？

この、あり得るかもしれない未来を聞いて、まだこの黒い服を着た魔女気取りの女の子といっしょに死にたいか？　さあ、どっちを選ぶ？

——どちらの変化を、君は望む？」

7

真白紫苑を病院へと収容した烏鷺は、公園のベンチに座り、たばこに火をつけた。

有害な紫煙を深く吸い込み、長い一日の終わりを噛《か》みしめ――いや。

まだ一つ、問題が残っていた。

「隘路、そろそろ泣き止む気はない？」

烏鷺の隣に座った隘路は、ずっとめそめそ泣き続けていた。魔女のプライドを叩き潰されたのが、よほどお気に召さなかったのだろう。

嘆息しながら、烏鷺は言う。

「君にとっては気にくわないやり方かもしれないけれど、でも、これが、地球での『変化』の贈え方だ。たしかにこの世界には魔法はない。でも、少しずつ、長い時間をかけて積み上げていけば、魔法に比肩するような『変化』の力が手に入る。この世界で贈与者で在り続けたいのなら、地道な日々を積み重ねるしかない。

君じゃどうしようもなかったお客さんの不幸も、僕なら簡単になんとかできる。ほかのお客さんだって救ってみせよう。女の子一人が死ぬだなんだと喚《わめ》いたところで、僕には勝てないよ」

呪い道具を渡すことしかできない隘路に、この具体的な変化の力を見せつける――そうして力の違いを実感させ、呪い屋をやめさせる。

それは、烏鷺が当初から思い描いていた計画だ。少々、やりすぎてしまった感はあるが。

でも、これが真実だ。長い年月をかけて蓄えた力が、この地球ではいちばん強いのだから。

即席の変化の力ごときに、負ける気はしない。

「うるさいな馬鹿！」

唐突に、隘路は叫んだ。

「うるさいな、そんなんじゃないんだよ……どうせ放り出されんならこっちから死んでやろうとしたんだよ……。でもこれじゃあメンツ丸つぶれだよ……。どうしてくれんだ馬鹿ぁ……！ 助けにこないでくれよ、情けなくなるだろうがぁ……」

「え、と……あの、隘路？」

だいたいさあ！ と隘路は続ける。

「救うにしても、何さっそうと登場してるんだよ……！ 一生懸命さが足りないんだよ！ 知ってるんだからな！ カロンとかいう奴助けるときにはあの剣持って間抜けに登場したくせに！ 私のときは余裕しゃくしゃくかよ！ ふざけるなよ！ 主人公のためにはあんなにするのに！ 私が贈与者だから手を抜いたのか⁉」

「え、それですねてたの……？ いや、でも僕、今回貯金吐き出したり、けっこう犠牲を……」

「それだって、もらったのは私じゃなくて紫苑だ」

むすっ、と隘路は黙り込んだ。地面の一点を見つめ、いつまで経っても顔を上げようとしない。

要は、自分のためにもっと何かを捧げろ、と。カロンにしたように。

めんどうくさいが、今回のことは烏鷺にも非があるので、無視するわけにもいかない。

なるほど、じゃあ――「隘路、これ」

烏鷺はそう言って、隘路の膝の上にそれをぽんと放った。それは、たばこのつまった小箱だ。

「……おいおいおいおいおいキミ舐めてんの？」

あまりに安い供物に、魔女様は目を眇めた。

「別に、その一箱だけを捧げるってわけじゃない。――今吸ってるこの一本を最後に、たばこやめるよ」

「……え？」

「だから、僕の人生からたばこを差し出す。これじゃ不満？」

隘路は数瞬ぽかんと固まったが、やがてもらった小箱を胸に抱いて「あはっ」と笑みを浮かべた。

「なんだよそれ、とんだ子供騙しじゃないか。でもいいよ、騙されてあげる。魔女からキミへ、喫煙禁止の呪いをかけてやったわけだ」

烏鷺に変化を与えたことを、隘路は喜んでいるようだった。

「ああ、呪いは実在したわけか。魔女ってのは恐ろしいなあ」烏鷺はふふっと笑い、隘路に手を差し出した。「隘路、帰ろう」

「ああ。ねえ烏鷺君、寝る前に夜食をつくってくれるかな？　お腹が空いたよ」

「いいけど、太るよ」

「太らない。思春期の女の子は代謝が活発なんだ」

「へえ。魔導書にそう書いてたの？」

「いや、保健体育の教科書に」

8

呪い屋をやめた隘路にそれ以外の問題は特になく、必然、烏鷺との別れの時は早まった。元英雄、倉敷隘路の日常回帰は成功と判断され、担当官山田烏鷺には帰還の命が下った。

別れの日、隘路は駅のホームまで見送りに来てくれた。

むすっと口元を引き結んで、一言も話さず、それでも隘路は新幹線の前までついてきてくれた。目が少しはれているように見えるのは、気のせいだろうか。

「それじゃあ隘路、またね。真白さんと仲良く」

別れの言葉を、隘路は返してくれなかった。真っ黒な薄手のコートを着込んだ彼女は憤然と腕を組み、烏鷺に視線を合わせない。

少し寂しかったがもう出発の時間なので、烏鷺は新幹線に乗車した。

しばらくは黒い服を見るたび、隘路のことを思い出しそうだ——と。

「——烏鷺君」

呼ばれて、烏鷺は振り向く。よかった、最後に少しだけでも話が——

「——————」

一瞬、そこに立っているのが誰だかわからなかった。

真っ白な、雪のようなワンピースを着た隘路を、最初隘路だと認識することができなかった。

「……白、見たいって言ってただろう？　特別だ、見てけよ」

照れた口調で隘路は言い、手を後ろに組んで、自らの姿を見せつける。

それは、『魔女』のかたちに頑なにこだわり続けた一人の少女の、彼女なりの、決意の表し方だった。

「すごくよく似合ってる」烏鷺は微笑む。「ずっと見ていたい。ああ、でももう扉が閉まる、残念だ」

「……なら、また見に来ればいいだろう」

「そうだね、そうするよ」

そこで、扉は閉まった。しばらく窓越しに向かい合っていたが、新幹線が走り出すと、すぐに隘路の姿は見えなくなる。

――しばらくは白い服を見るたび、あの『贈与者』のことを思い出しそうだ。

五話　傾国の姫

1

「……一顧すれば人の城を傾け、再顧すれば人の国を傾く」

美しい女は国を滅ぼす。

その美で王を狂わせ将を惑わし、ついには時代を一つ終わらせる。

国を、傾ける。

ゆえに傾国《けいこく》。

それはいったい、どんな女だろう。

どれだけ美しければ、たった一人で世界を乱すことができるのか――

その答えが今、山田烏鷺の目の前に在る。

「烏鷺様、わたしこの島気に入りましたわ！」

日の出間もない海岸線を歩く彼女は足を止め、くるりとこちらを振り向いた。

「少々寂れていますけど、風のにおいがすてきです。ここで涼をとるとしましょう！」

「そう？　ならよかった」絶対ごねるだろうと予想していた烏鷺は、その反応に少々拍子抜けした。「君には田舎すぎると思ったんだけど、ここで別件もあってね。付き合わせて悪かった」

「まぁ、烏鷺様ったら。何をおっしゃいますのやら！」

彼女は心外そうにそう言うと、スキップのような足取りで烏鷺の元に歩み寄る。

いいですか、と彼女は言う。

「どんなへんぴな小島でしょうと、わたしが住まえばそこは誰もが移住を夢見る世界の都。わたしの眠った宿は後に聖地と呼ばれ、わたしのつかんだ砂はやがて金剛石へと変わるでしょう。場所なんて問題ではありません。わたしが在れば価値がある、わたしがなければ価値はなし、それだけのことですわ！」

「たいした自信だ」

「だぁって、事実ですもの！」元英雄はそう言って、無邪気な笑みを浮かべた。

きらめく曙光《しょこう》を浴びる少女の姿――まるで一枚の絵のように、その構図は完成していた。

なるほど元英雄だけあって見目麗しい。だが、

――ただの女子高生だね。

この地球に戻ってきた彼女にはもう、男を虜にするような魔力はない。国を滅ぼすなんて夢のまた夢。どこにでもはいないだろうが、探せば見つかる程度の容姿の子。

まずはその辺から教えなきゃな、と烏鷺は思う。

いつまでも傾国美姫のつもりの少女に、現実を見せてやらなくてはいけない。

地球名　叶《かなえ》レカ
年齢　十八
身長　百五十二センチ
体重　四十三キロ
異世界での役割　『マクガフィン』（タイプ：傾国）

2

英雄は旅に出る。
世界をよりよく変えるため、この世の果てまで『宝物』をとりにいく。
宝物こそ、物語の発端だ。宝がそこにあるから物語は始まる。
インディ・ジョーンズが史跡の中に潜るのは、そこに価値ある遺物があるからだ。
マリオが何度も旅に出るのは、亀《かめ》の大王様に囚われた桃の姫を助けるためだ。
物語の起動装置となる宝——作劇用語で『マクガフィン』
宝の種類はさまざまで、人であるパターンも数多い。

宝石、指輪、炎、霊薬、神の英知——囚われのお姫様。英雄たちがそれを強く求めるからこそ物語は起動する。

退役英雄日常回帰補助機関でも例にならって、異世界で『宝物』の役目を担った者をマクガフィンと呼称している。

「マクガフィン……」

海の側で書類に目を通していた烏鷺は、そう呟いて静かに一つ息を吐く。

ただのマクガフィンなら珍しくも何ともないが、彼女はとびっきりの変異種だ。

英雄たちの求める『宝物』、だが国へ連れて帰れば猛毒として作用する、破滅の因子。

王や英雄たちは美貌の少女をなんとか手に入れようと競い合い、ついには国が傾き壊れてしまう。——傾国のマクガフィン。

「なぜ、僕に」

『主人公』、『魔女』ときて、次がこれである。難易度の高い子ばかりが続く。

というか、そろそろ男の元英雄を回してくれてもいいのだが。どうも最近ジゴロ扱いされている節が……「まあ、何でもいい……」

烏鷺は護岸の上に寝ころんだ。

視界に飛び込む空は雲一つない快晴で、青の中を海鳥たちが飛び交っていた。間抜けな鳴き声がうるさいが、まあカラスよりはましか、と烏鷺は呟く。

今回の研修地は伊豆諸島《いずしょとう》に連なる一つ。半日あればバイクで一周できる程度の小さな島だ。都会の人が離島と聞いてイメージする土地そのままの『良き小島』。

「たばこ……」欲しいなあ、と烏鷺は思う。

この空気の中、波の音に耳を澄まして吸うたばこは、きっと最高に美味しいだろう。

前回担当した魔女様に禁煙を誓ってしまったせいで、もう生涯喫煙できないのだが、ときどき、病的にあの嗜好品を求めてしまう。

これ完全に中毒だよね、と口元を触り——と。

「まぁ、烏鷺様！」

気づくと、傾国のお姫様が烏鷺の顔を上からのぞき込んでいた。

「こんなところでお昼寝ですか？　あまり無防備をさらしていますと鳥たちのお昼ご飯にされてしまいますわよ？」

「こんにちはレカ。お散歩？」

「わたしの島をお散歩したっておもしろくもなぁんともありません！　烏鷺様を探していたのです。お話をしたかったのですわ」

「へえ。暇になっちゃった？」体を起こす。

「烏鷺様に興味があるのです。ええ、とても！　烏鷺様はこの美姫とずっと行動を共にしながら、欲情する様子がございません。その鉄のごとき自制心の秘密に、興味があるのですわ！」

「ああ、そういうこと」

要は、烏鷺がなびかないのが不服なのだろう。

「別に僕の自制心が特別製ってわけじゃない。地球に戻ってきた君からはもう、男を虜にする力は失われてるってだけの話だよ。事実、君は僕ごときすら惚《ほ》れさせることができていない」

あはははは、と烏鷺は笑う。

「まぁ……烏鷺様、もしや挑発していらっしゃる？」

「いいや。僕は単なる事実を――ぐッ!?」

「――このお口、ずいぶんと生意気をおっしゃいますのね」

意識の隙間をつかれ、烏鷺の口にはレカの細い指が差し込まれていた。

「わたしが華奢な姫だからと油断したのでしょう？　たしかに戦ったことはありませんが、英雄たちの活躍をずっと間近で眺めていたのです。このくらいはたやすいですわ。

――姫に対する不遜の言葉……どうされても文句はありませんわよね？」

えい、とレカは烏鷺の舌を摘んだ。

「…………」腹立たしいが、指を噛み砕いてやるわけにもいかず、烏鷺はただレカを睨む。

レカと烏鷺は不穏な構図で見つめ合い――

「――許しましょう」

レカはにっこり笑うと、烏鷺の口から指を引き抜いた。

「わたしは烏鷺様には優しくすると決めていますから。ええ、そうする理由があります。――ねえ烏鷺様、どうして自分がこんなに優しくしてもらえるかわかります？　ねえ、わかります？」

「さあね……。子供の胸中なんて皆目見当がつかない」

「烏鷺様、知ったらきっと驚きますわぁ……。そして必死にわたしに謝り許しをこうのです！　そう簡単に許してなんてあげませんけど」

「謝る？　僕が？」なぜレカに優しくしてもらえる理由を知ったら、謝ることになるのか――

「……何でもいいけど、早く家に帰って明日の準備をしなよ。教科書とか全部あるかチェックしないとね」

「ええ、そうでしたわね！」

彼女ははしゃぐように声を上げ、その場でくるりくるりと回る。

「明日からの学校とやらが楽しみです、楽しみですわ！　この美姫を目の当たりにした学徒たちは、美という言葉の本当の意味を知るのです。わたしの気を引こうと、必死になってがんばるのでしょうね……あぁ、想像しただけでかわいらしい！」

「まあ、最初は好きなようにやってみるといい」

言いたいことは山ほどあったが、浮かれた少女に何を言っても無駄である。

今回は烏鷺もレカといっしょに高校に編入することになっているので、何かあったらその場で止めに入るという手段もとれる。

仕事とはいえ、いつまで学生服なんて着なきゃいけないのかな僕は、と烏鷺は嘆息した。

3

「おかしいですわ……」

学生たちをみんな虜にしてみせる――意気揚々と学校社会の中に飛び込んだ姫様は、その三日後、膝を抱えてズンと落ち込んでいた。

「烏鷺様、おかしいです、あまりにもおかしいのです……あの学校という場所はすべてが……ええ、すべてがくるってていますわ……！」

ベッドの上で薄い毛布にくるまり、彼女は震える声でささやき続ける。

「……何が、おかしいって？」嘆息しつつ、烏鷺は訊いた。

「すべてですわ……！　すべてがおかしいのです！」だって、と姫様は言う。「この姫が誰にも愛されないのです……！」

「……だから、それの何がおかしい？」

「おかしいではありませんか……！　おのこは誰一人としてわたしにひざまずかず、どころか遠巻きにして薄笑い！　めのこは蛇蝎《だかつ》のごとくわたしを嫌い、聞こえるように悪罵《あくば》を……！」

　レカという少女は、遠巻きに見ている分にはいい。だが少し話せばそのアホさがよくわかる。何しろ、要求しかしてこない。

　あれしろこれしろわたしを愛せ――まじめに取り合うのもバカらしい。

　クラスでも、彼女はネタ枠に押し込められていた。

「はいはい。現状に不満があるならまず自分から変わらなきゃね。――ねえ、レカはどうなりたいのかな。誰と仲良くなりたい？　何が欲しい？　それがわかっていないと何をやろうとしても無駄だ」

「何が欲しいのかと訊かれれば――すべてですわ。わたしはすべての人に愛されたいのです。すべての人が幸せそうに笑う楽園、それを取り戻したいのですわ！」

「そう。別に目標はそれでいい。けど――君は、君の欲するそのすべての人に、何を与えられるのかな？」

烏鷺の言葉に、レカは怪訝そうに首を傾げた。

「何を……？　おかしなことをおっしゃいますのね烏鷺様。何を与えなくてもわたしがいれば誰もが幸福でしょうに！」

「異世界にいたころの君ならたしかにそうだ。特殊な力を纏った君は、ただ在るだけで価値があった。

——でもここでは違う。君はただの顔の整った少女だ。この世界に特権的立場というのはない。明確な利益を与えなくては、他者はついてきてはくれないよ。民が王に税を納めるのは、王に暮らしを安堵してもらうためだ。利益がなければ、人は人に何も捧げはしない」

「そんな……！　ではわたしは何をすればすべての人に愛されるのですか！」

「すべてというのがそもそも無理。どんな無害な人だって、十人中二、三人には嫌われる」

だいたいね、と烏鷺は続ける。

「みんなに愛されたいだなんて、誰のことも好きじゃないから出てくる発想だ。誰にも人格を認めていないから——なんて寂しいお姫様。同情しちゃうね」

「な、なんて言いぐさですの……！　この姫に向かって！」姫はベッドの上に憤然と立ち上がり、烏鷺を見下ろす。「烏鷺様……今後あなたは床で寝なさいな！　生意気な子には、ええ、お仕置きです！　このベッドはもうわたしのものですからね！　王家の権限で接収しますわ！」

『はいはい。さ、気が済んだらもう帰ろうね。送るよ」

「いいえ、帰りません！　今後わたしは烏鷺様と同居し、厳しくしつけることにしますわ！　まったく、いつの間にこんな生意気に……」傾国の姫は苛立《いらだ》たしげに言った。「アリスは、いったいどういう教育を……」

「アリス？　――どうして僕の担当官がアリスだったと知っている……？」

「さあ、知りませんわ」

姫はツン、と横を向き烏鷺の質問に答えてはくれない。

「…………」落ち着け、と烏鷺は自分に言い聞かせる。

アリスと聞くとすぐに動揺してしまうのは、まだあの人に依存している証拠だろう。だめだな成長しなくちゃ、と自戒の念を抱きつつ、烏鷺はその日は眠りについた。

4

『それで、レカさんの学校での様子はどうでしょうか……』

電話の向こうの眼鏡は、心配そうに言った。

「別に、何も変わりはしないよ。全員に愛されようとふるまって、うまくいかずに落ち込んでる」

『気の毒な……なんとかできないのでしょうか』

「できないよ。これぱっかりは場数だから。同じことを繰り返すしかない」

コミュニケーション能力というのは、要は格闘術だ。徒手空拳《としゅくうけん》の人間がよりよい場所を得るための――戦いの手段は、実戦で覚えるのがいちばん手っとり早い。

『助けになれないとは歯がゆい……！　ならばケアだけはしっかりしてあげてください。彼女のストレスを軽減するためなら何でもそちらに送りましょう！　横領も辞さない覚悟です！』

「いい覚悟だ。発覚しても僕の名前を出すなよ。――それはそうと眼鏡、訊きたいことがある」

『はい？』

「アリスとレカって、どこかで会ってる？」

『まさか。レカさんがこちらに戻ってきたとき、アリス師はすでに失踪していました。そんな機会はないでしょうに』

「だよね。じゃあ、誰かからアリスの人となりを聞いたのか？　でも、直接面識があるような口ぶりだったんだけどなあ……よし眼鏡、調べろ」

『アリス師関係の情報を探れですって？　そんな高難度の案件を――』

「レカの写真十五枚。寝顔、制服、私服を五枚ずつ」

『やりましょう』

やっかい事を眼鏡に押しつけ終わった烏鷺はさっさと荷物をまとめると、自宅を出て原付バイクに跨った。ギアを入れて走り出し、別件の仕事へと向かう。

目の前を流れ行く島独特の光景を楽しみながら、烏鷺はレカについて考える。

――愛されたがりなお姫様。

マクガフィンは戦闘力をもたない。具体的な力は何もない。愛され、求められることだけが特別性の証明だ。

だから、その唯一の力に固執する。

わたしはこんなに特別なのに、どうしてこの世界ではわたしを嫌う人が――

5

そんなことを考えているうちに、烏鷺は目的地へと到着した。

海に面する丘のような土地。そこに建つ木造建築物には大きな窓や中庭、テラスが設置されており――「カフェかっつーね……」

デザイナー入れるとみんなこうなるなあ、などと呟きながら、烏鷺はバイクを降りる。

見た目はまるきりカフェではあるが、そこは宿泊施設だ。この夏から元英雄たちの憩いの場として開放される集合研修施設。

その最終チェックがレカの日常回帰と共に課せられた、今回の烏鷺の任務であった。

これただの雑用だよね、と嘆息しながらカメラを取り出し、烏鷺は建物の内と外を細かに撮影していく。

「集合研修……」

シャッター音を響かせながら、烏鷺はこの計画について思いを馳せる。

元英雄を集めるなど、これまではあり得なかったことだ。

徒党を組まれてしまっては困るので、退役英雄日常回帰補助機関は、これまで元英雄同士を厳密に引き離していたのだが――方針の変更があったらしい。

「カロンとか険路も来るのかな」ぽつりと呟く。「絶対喧嘩になる……」

担当していた元英雄たちが元気に取っ組み合いをする様が目に浮かぶようで、烏鷺はあはは、と笑った。

あの子たちのためだと思うと、この仕事にも身が入る――と。

「――――？」

無人のはずの建物内から、足音が聞こえた。

誰か入り込んだのだろうか。

烏鷺は腰のナイフを引き抜き、音の聞こえたほうへと忍び足で向かう。

二階の端——図書室だ。

ドアに耳を当て、何者かがたしかにそこにいることを確認すると、

「動くな！」

一気に中へと押し入った。

のんきに椅子に座っていた侵入者にナイフを向け——すぐに下ろした。

はぁ……と嘆息しながら、烏鷺は腰の鞘《さや》にナイフをしまう。

「……レカ、どうしてここに？」

「専用の書庫を用意するよう眼鏡さんに命じましたら、ここを教えてくださいましたの。ちゃんと鍵も持っていますわよ」

窓から差し込む夕陽を明かりに、傾国のマクガフィンは膝の上で書物を開いていた。

「まったく……まあ、君らのための施設だからいいんだけど」

烏鷺はそう言いながら、ふと、レカが机に積んだ本に目をやった。

『改善！　人間関係』『人対人』『友人の増やし方』『もう人に悩まなくていい』——人間関係

の改善方法を記した実用書を、姫は読み込んでいるようだった。

「なんですの……邪魔しないでくださいまし」姫様はぷいとそっぽを向いた。「どうせ心の中で笑っているのでしょう？　書物に頼るしかないわたしをざまあみろと！」

「いいや、そんなことはないよ」烏鷺は首を振った。

読んで効果があるかはともかく、願いをかなえるために地道に勉強しようとするその意志は、この地球ではもっとも尊いものだ。

「失敗を繰り返しているのに、それでも折れずに手をつくす——その意志こそが君が英雄だったことの何よりの証明だ。尊敬するよ……うん、すばらしい。担当官として誇りに思う。

——姫様、これまでの非礼をお詫びいたします」

「なっ……」レカの顔が発火したかのように赤くなる。「生意気なくせに、ときどきそうやって……！　卑怯な……ええ……本当にずるい」

本で顔を隠してしまったレカを眺めて、ふふ、と烏鷺は微笑む。

「じゃあ、がんばってるレカにサービスだ。これだけの本を読むのは大変だろうから、要約してあげるよ。どうせ同じようなことしか書いてないし」

6

「――というわけで、集団の中に自然発生するカーストなどを考慮しつつ、ロビー活動をがんばる、というのがこういう本に書いてある内容。どう、参考になった？」

　烏鷺の講義を聴き終えた姫様は、げんなりとした表情を浮かべていた。

「……人間関係とはなんて面妖な……でも本のとおりにすれば本当に誰一人にも嫌われずに済みますの？」

「あはは、まさか」

「な……！」

「所詮は机上の空論だよ。できっこない」烏鷺は首を振った。「できもしないことに執着するな。すべてに愛してもらえる場所なんて、この世界にはない。君がどれほど完璧に優しくふるまおうとね。人の悪意を舐めるなよ」

「そんな、諦めきれませんわ……！　わたしはもう一度、人々の笑顔の中で……あの完全な笑顔の中で！」

「誰も彼もを笑顔にさせてしまう姫――かつての君の姿は、それはそれで歪《いびつ》だね」

烏鷺は言う。

「完璧な姫。すべての人が君を欲しがる。なのに、君の最愛の座はたったの一つ。そりゃあ争いも起こる。すべてを虜にする美貌で世界を一つ壊してなお、まだそのころの自分に執着するなんて――」

と、烏鷺は言葉を止めた。

レカがきょとんとした顔でこちらを見ていたからだ。

烏鷺の言葉がまったく理解できないとでもいうように、姫は不思議そうに首を傾げていた。

「あの、烏鷺様」レカは言う。「わたしの美貌が世界を壊したとは、どういう意味ですの?」

「――――」

しらばっくれているわけではなさそうだった。

彼女は本当に無自覚だった。

自分の美貌が前の世界の崩壊の原因となったことに、気づいていなかった。

そうか、考えてみれば当然か、と烏鷺は思う。

彼女は向こうの世界で、ただ無邪気に過ごしていただけで――自分を巡り男たちが争っているその最中も、政変に巻き込まれたぐらいに思っていたのかもしれない。

「いや、なんでもないよ……」

とっさにごまかそうとしたが、サァ……と潮が引くように姫の顔が青ざめていく。

「烏鷺様……もしや……あの世界があんなことになったのは、わたしが、わたしがいたからなのですか……？　わたしが、みなを殺して……」

「……違う。たしかに君は原因ではあるかもしれない。でも、責任はない。元から君のいた世界は壊れる運命にあった。君はつらい役目を押しつけられただけだ！」

強い調子でレカの責任を否定したが、彼女の顔色は戻らない。

なんてミスだ……烏鷺は拳を握りしめた。レカに関する引き継ぎ資料があまりに少なかったため、彼女の認識を把握できていなかった。

「君は悪くない！　何一つ……！」

「烏鷺様……」

姫はふらりと椅子から立ち上がると、こちらに歩み寄ってきた。

細い腕を烏鷺の首へと回して、すがりついてくる。

「あぁ……あぁ……」

烏鷺を見上げる目は潤み、青くなった唇は小刻みに痙攣している。

「烏鷺様……」

彼女は目を細め――

「――軽々しく悪くないなんて言わないでくださいな‼」

「…………ッ！」

頬、
激しい痛み、
噛みつかれた、
喰《く》いちぎられる……！

「…………！」

烏鷺はレカを引き離し、後ろへ退いて距離をとる。
頬に手を当て、傷を確認。顔面動脈は大丈夫だが、唇の端から頬にかけて、多量に出血している。よほど深く喰らいつかれたのだろう。
レカは血に塗れた唇で、喚くように言う。
「……烏鷺様がそう言ってくださるのは、わたしの元いた世界の崩壊を、他人事だと思っているからですわ……！　ですからそんな簡単に、わたしが悪くないなどと……！」
でも、とレカは言う。

「でも、違うのです……」

「レカ？」

「烏鷺様が元いらっしゃった異世界は……nの11・32そのAD三五六年から三六〇年。西の島に成立した理想郷。厳密には異世界ではなく、この地球の過去。斉一性原理および帰納法に侵されてしまった今現在からはけっして観測できない、でもたしかにそこにあった過去……そうですわね？」

「――何で、知ってる？」

たしかに烏鷺は幼少期、その世界に呼ばれ、しばらく後に現代の地球に引き戻された。だが、なぜそれをレカが？

だって、とレカは言う。

「わたしも、同じ世界にいたのですもの」

「同じ世界に……？　そんな偶然が……」

「覚えていらっしゃらないようですけど、わたし、烏鷺様とよく会っていたんですのよ。ぇぇ……そのときは、わたしのほうが少し年上でしたけれど……」

あり得ない話ではない。地球と関係深い異世界なんてそう多くはない。同じところに複数人が連れていかれることだってあるだろう。

「あ――」烏鷺の脳裏にうっすらと、ある光景が浮かび上がる。

向こうの世界にいたころ、湖畔で共に遊んだ少女――尊大で、だけど優しい彼女に、烏鷺はときどき冒険の話を聞かせてやった。

もしかして、彼女がレカだったのだろうか？

それは烏鷺にとってはあまたあった出会いの一つ。だけどレカにとっては、きらめくような思い出だったのかもしれない。

妙にレカに関する引き継ぎ資料が少なかったのは、これを隠すためだろうか？

だがなぜ隠す必要がある？　だいたい、誰が烏鷺もこの時代に戻ってきたことをレカに教えた？　どうして組ませた？

それから――どうしてこんなに僕の胸は騒いでいるのだろう？

烏鷺とレカが同じ世界にいたって、それだけのことのはず――

「烏鷺様……」レカはそれを告げる。

「――わたし、烏鷺様の仲間の人たち、みんな殺してしまいました……」

「――」

そうだ、傾国が現れたのだ。それは、あの時代すべてが終わってしまったということ。

みんな、非業の死を——

「…………そんな」あの人たちが、みんな——

「烏鷺様……これでもまだわたしが悪くないといえますの……？　わたしを許してくださいますか……？　ねえ、どうなのですか……？」

頰に迫る姫の御手、百合のように白い五指——

——この手はなんだ？

——この女はなんだ？


——恐ろしい。


「あっ……」

パンッ。手が手を弾く高い音。

救いを求めて伸ばした手を拒絶された少女は、笑いながら泣くような、そんな悲愴《ひそう》な表情を浮かべた。

「ほうら！　ほうら……！　烏鷺様はいつもそう！　ずっといっしょにいると言ったくせにい

なくなって……！　許すと言ったくせに許してくださらない！　わたしは待っていましたのに！　ずっと、ずっと……なのに！　あああぁぁぁあああ……！」

顔を机に突っ伏し泣き喚き、手探りでつかんだ本を投げつける、傾国の姫。

「もういいです……もういいですわ……終わりにしましょう……誰をも不幸にする姫は、不幸を振りまきながら死ぬのがお似合いですもの……」

7

『君は異世界から都合良く使われただけだ。向こうで何人殺したのかは知らないが、その身は少しも汚れていない。君は少しも悪くない』――幾千回と元英雄たちに与えた許しの言葉が、烏鷺の頭の中で空転していた。

この言葉をレカの耳元で繰り返してやれば、きっと彼女は楽になる。なのに――

「…………ッ」

レカは何も悪くないと理屈ではわかっているのに、骸《むくろ》と化した仲間の姿を想像すると、憎悪と深い悲しみがごうと押し寄せ、烏鷺をその場に縫い止める。

もう五日も、烏鷺は業務を放棄していた。

自室のベッドに横たわり、無為の時間を過ごし続けていた。

携帯への着信も、家のドアを叩くノックの音も、すべてを無視して死体のように——レカは今、自暴自棄に陥っているだろう。罪の意識に苛まれ、烏鷺に許してもらえず——もしかしたら、死を考えているかもしれない。

今動かなければレカを助けることができない。でもこの憎しみを抱えたままで、あの子に会いに行くことはできない。

「ああ……」

烏鷺は己を恥じていた。

担当官しかできないくせに、それすらできない自分が恥ずかしくて、烏鷺は両手で顔を覆った。なんて無意味な生、なんて——と。

「うおりゃあああああぁぁぁぁぁ————!!」

窓の向こうから聞こえる獣じみた声に、烏鷺は顔を上げた。

なんだいったい、とそちらに目をやり——「うおっ……⁉」とっさに、身を避けた。

——ガシャァァァ————ン！

窓を突き破り、部屋に飛び込んでくる巨石。ガラスは千々に砕け散り、床に広く散乱していく。石は激しく転がり、窓の反対側の壁にごんとぶつかり停止した。

「な……え？」

とにかく状況を把握しなくては、と烏鷺は穴の空いた窓のほうへ視線を戻す。

「おおう、外から鍵開けるってのはなかなか難しいもんですね——お、開きました開きました。お邪魔しますよ、っと」

部屋に立ち入ってきた強盗は、呆然と固まる烏鷺の顔を見て屈託のない笑みを浮かべた。

「やっとお顔が見れました！　お久しぶりです烏鷺！」

「え、と——」

強盗の正体は英雄だった。

かつて烏鷺を導いてくれた『主人公』。

「カロン……」

どうしてここに、と訊くまでもない。

きっと、おせっかいな眼鏡あたりから烏鷺の現状を知らされ、駆けつけてきてくれたのだろう。あまりに懐かしくて、涙がこぼれそうになった。

「こんな姿を見られるなんて……」

思わず目を伏せた。こんな醜態を見られたくなかった。失望されたくない——

「え？　今日の烏鷺ふだんと何か違います？　烏鷺っていつもこんなもんじゃありませんでし

た？」

「…………」

落ち込んでいる人に、ひどいことを言うやつである。

「烏鷺は」と優しい声でカロンは言う。「いつも、わたしたちのためにがんばってます。だからいつだって苦しいんです。同じですよ、いつも」

「あ――」烏鷺の頭の中に、カロンと過ごした日々が巡った。そうだ、そうだったなあ、と烏鷺は思う。いつも同じだった。「ああ……懐かしい」

どうせもう、担当しているときにさんざんみっともないところを見られていたのだ。いまさら格好つけるも何もない。

胸の内から感情が溢れだし、烏鷺は気づくと、再会したばかりのカロンにまくし立てていた。

傾国のお姫様のこと。そのお姫様が烏鷺と同じ世界から戻ってきたこと。

お姫様が、元いた世界のみんなを死なせてしまったこと。

「――もう、誰もいない……みんな死んだ。みんな、もう……」声が掠《かす》れた。

最後までその事実を言いたくなかった。もう、誰一人いないだなんて。

すべての話を聞き終えたカロンはくしゃっと顔を歪めた。

「烏鷺……こっちに来てください。ほら立って。さあ早く」

烏鷺は言われるがまま立ち上がり、ガラスの破片を踏みながら、カロンの元へ。

「烏鷺……つらかったんですね。いいです。こんなわたしでよければこのお胸を貸して差し上げます……だから、ほらこっちに。慰めてあげたいんです」烏鷺はカロンに吸い寄せられるようにふらふらと――「なんて言うと思いましたかぁ――――!!」

「ぐぅ……!?」

みぞおちに拳を叩き込まれ、烏鷺はその場に崩れ落ちた。逆流しそうになる胃液をこらえ、その場にのたうち回る。腕や膝にぐさぐさ刺さるガラスの欠片――ひどい……。

「烏鷺は優しい人です。こっちが話してても一嫌になるくらいに優しい人です。わたしはちゃんと知ってます。そんな烏鷺が！　仲間の一人や二人や数百人殺されたぐらいで！　女の子助けられないなんてあり得ません！」

ピシッとカロンは烏鷺を指差す。

「――だからあなたは烏鷺ではありません！　烏鷺の中にいる『英雄』です！」

「…………」

「体はたった一つだけなのに、その中で、この世界の烏鷺と英雄である烏鷺が争いあっていたわけですね。あーめんどい状態ですね。うんうん、わかります。このカロンにはわかりますよー」

腕組みをしてうんうん頷くカロン。

「だから——烏鷺の中の英雄を、わたしが殺してあげますね」

カロンはそう言うと、きょろきょろ部屋を見回し——「お、ありましたありました！」烏鷺がデスクに飾っていた剣を手に取った。

かつてカロンを救うため、烏鷺がその手に取った両刃の剣。それを今度はカロンが握る。

「…………なに……を？」

床に手をつき、烏鷺はやっとのことで体を起こした。だが立ち上がることはできず、片膝立ちの体勢で、剣を持ったカロンと対峙《たいじ》する。

「いえ、ですから殺《や》るんですって。ちょおーっとぐさってしますけど我慢してくださいねー。痛くないですよー。痛みを感じる前に死んじゃいますからねー」

上段に剣を掲げるその様は、さすが元英雄だけあって勇壮だ。

カロンの丈の短いシャツの裾がめくれて、うっすら皮下脂肪の残る理想的な腹筋が烏鷺の目の前にさらされる。ああ、最近はちゃんと節制してるみたいだな、と烏鷺はこんなときでも嬉しくなって——

「ヤァ————!!」裂帛の声とともに、振り下ろされる刃。

風が、先に届いた。

その瞬間に、さまざまな映像が脳裏を巡る。

元英雄たちの顔。

最初はみんな、心の中で泣いていた。

だけど別れるころには、みんな笑顔になっていた。

一つ笑顔を重ねるたびに、それは鳥鷺の誇りとなって――

だけどたったの一人。

彼女はずっと泣いたまま。

暗い暗い、死体だらけの荒野で一人、顔を覆って泣いている。

どうして僕はあの子を放っておいているのか。

あの子を――

レカを救いにいかなくちゃ――――！

「――――」

ダーン……！　剣が床を打つ鈍い音に、鳥鷺は今この瞬間へと引き戻される。

視界は明るく、迷いは全部消えていた。

あの子のところにいく。それだけが烏鷺のすべてになっていた。

「レカ……！」

「やっと目が覚めたみたいですね」カロンは満足そうにふふんと頷く。「ですがまあしかし、こんだけがんばったわたしを目の前にしてほかの女の子の名前言うとか、それちょっとどーなの的なね、そういう声もね、ええ、一部から――」

「――おい、そろそろ代われ『主人公』」

「あうっ⁉」

カロンを突き飛ばし、烏鷺の前に姿を現したのは、真っ白いワンピースを着た『魔女』だった。「……烏鷺君、久々」

「隘路も、来てたんだ」

「ああ……」隘路はもじもじと身をよじる。「ほとんどあの主人公に言われてしまったが……なんというか、その……が、がんばろう！」

「ぷーくすくす！　この場面でそれしか言えないんですかー？　久々に烏鷺に会えて緊張しちゃいました？　シャイですねー！　うんうん、わたしにもそんな時代がありました」

「黙れ主人公……！　元はと言えばお前が烏鷺君独占するから……！」

煽《あお》るカロンに、隘路はつかみかかった。

喧嘩をするカロンと隘路——予想通りすぎて、烏鷺はあははは、と笑った。

そうだ、いつもこうして僕は救われてきた。

救っているようで、本当は救われていた。

「あ、そうだ烏鷺！」隘路をさっさと組み伏せたカロンは、じたばたもがく魔女の背に座って声を上げた。

「なに？　いやまて、まずそこから下りろ。隘路をいじめるな」

「烏鷺！」カロンはかまわず言う。「烏鷺はたしか、元『助力者』でしたよね？」

「そうだよ。あと隘路から下りろ」

「烏鷺は助力者、この魔女さんは贈与者で、そしてわたしは言わずと知れた主人公！　なんてことでしょう烏鷺！　主人公に助力者贈与者！　英雄一行が揃ってしまいましたよ！」

「うん？　ああ、言われてみればそうか。あと本当に隘路から下りろ。泣きそうだ」

そう言うと、カロンは隘路の背から下り、高揚した様子で烏鷺に接近してくる。

「烏鷺！　英雄一行が揃ったのならやることは一つです！　うははー！　わたしなんか燃えてきましたよ！」

「やること……？」首を傾げる。

はい！　とカロンは頷き、言った。

「みんなでお姫様を助けにいくんですよ！」

六話　愚者と英雄

1

世界は意志を持っている。

己が思い描いたとおりに時代が流れているか、つねに人の世を監視している。

そのシナリオが乱れたときは、王を代え、病をはやらせ、戦を起こし——それでも流れが戻らなければ英雄を送り込む。

見目麗しい少年少女に絶対的な力と運命《さだめ》を与え、人々を正しき道へと導かせるのだ。

そして世界は用が済んだら早々に、英雄を殺してしまう。

強大な個人に長居されてはまた世が乱れてしまいかねない。だから殺す。

民意を操り敵を送って、世界は用の済んだ英雄たちを追いつめる——だが英雄もそう簡単にやられはしない。

世界からの刺客を退け続け——老齢まで長らえることすらある。

非業の最期を遂げない英雄。

まれなる彼らは髪が白くなってもなお君臨し——世界を乱す。

いたずらに神秘を暴き、戯れに戦を起こす。

この段階にまで至った場合、世界は長らえすぎた英雄を殺すため、最終手段にうってでる。

英雄殺しの最終兵器『傾国』を送り込むのだ。

美貌と魔性を合わせ持つ命を持った『宝物』――すべての男を虜にする女。

誰もが欲しがる女を、英雄は配下や王と争いあって、ついには非業の最期を遂げる。

国とともに、その人生が終わるのだ。


「なるほどね、つまりは傾国ってのは長生きしすぎた英雄の排除装置なわけだ」

隘路はそう言ってパタンと文献を閉じる。

「もしも烏鷺君がそのまま異世界で育っていたら、ほかの英雄といっしょにくるって死んでいたのか……そうならなくて、本当によかったよ」

「うん、僕は生き残った。仲間は救われずに死んだのに、僕だけが。うちの機関が救うのは、地球出身の英雄だけだから……。唯一生き残った僕は、だから――レカを許さなくちゃいけない」

「うん、それでこそ烏鷺君だよ。キミは責めるためじゃなく、許すために生き残ったんだ。手をさしのべて助けてあげてよ」

私を助けてくれたように――白いワンピースを着た元魔女は、優しく笑ってそう言った。

「そうする。それが僕の仕事だ」

「うんうん、烏鷺も成長したものです」しみじみ頷くカロン。「この期に及んでまーだレカさんが悪いとか言い出したらもーいっそ殺ってしまおうと心を決めていたわけですが、なかなかいい顔になったじゃありませんか！　斬らなくて済みそうです！」

「何様だ君は……というかときどき僕を殺そうとするのをやめろ。その剣を置け」

「いやいや烏鷺君、でも殺されなかっただけキミもうけもんだよ？　女の子傷つけるとか本来即死刑なんだからね？」隘路も、なかなかに厳しい。

「お、魔女さんわかってますねー。そうですよねー烏鷺なんて死刑ですよねーしかしあなたかわいいですねー。うりうり、頬ずりしちゃいましょうねー」

十分前まで喧嘩していた元英雄二人はもうすっかり仲良くなって、隘路はカロンの膝の間にちょこんと収まっていた。何となく隘路はこちらの味方についてくれると思っていたので、軽くショックを受けた烏鷺である。

「……とにかく、レカと仲直りする作戦を考えないと。死刑になるとしてもその後だ」いや死にたくないけどね、と烏鷺は言った。

烏鷺が伏せっている間、レカは半狂乱でクラスメイトたちにつっかかり、授業を妨害し、停学処分を受けたらしい。おそらく特別研修送りの検討対象に入っているだろう。

その評価をどう覆すかは後で考えるとして、とにかく今は一刻でも早くレカと言葉を交わしたかった。

悲惨な場所に置いてきてしまった姫を、今すぐにでも――

「でも、どうすれば……」呟きながら烏鷺は頬杖を突き――と。

「ガーゼ……？」頬に貼り付く異物の感触。

忘れていたが、烏鷺は頬にガーゼを当てていた。五日前、レカに噛みつかれ、深い怪我を負ったのだ。

――なぜレカは、頬に噛みついてきたのだろう？

ふとした疑問だったが、妙に気になった。

そこに、レカの本質を読み解く鍵があるような気がした。

なぜ、平手打ちではなく噛みつきだったのか――？

高貴なる姫が、なぜわざわざ烏鷺ごときの頬に唇を当てるような真似をしたのか。単なる攻撃手段にしては少々不可解である。

烏鷺の頬と姫の唇――「――――」

「烏鷺、どうかしたんですか？」カロンは烏鷺の様子に首を傾げる。

「……いや、なんでもない。ちょっとしたことを思い出しただけ」あはは、と烏鷺は笑う。「そうか……僕が忘れてることってこれか。それであんなに怒って……レカは、まだ騎士物語の中にいるんだ──うん、なんだかレカを連れ出せそうな気がしてきた」

「？　よくわかりませんが、そういうことでしたらまあがんばってきてください！　わたしたちは先に行っていますから」

「行くって、どこに？」

「何言ってんですか烏鷺。わたしたちがどこに泊まりに来たと思ってるんです？」

「どこって──あ」烏鷺はそれを思い出す。

烏鷺がこの島にやってきたのは、レカの日常回帰を補助するためだが──もう一つ、仕事があった。

元英雄たちの集合研修施設の最終チェック──あそこは、すでに運営を開始できる状態にある。

「第一回元英雄集合研修女子の部は、昨日から始まってます。もうみんな集まってきてますよ。みーんなお姫様が来るのを楽しみにしていますから、早く連れてきてくださいね」

2

それは幼いころの記憶だ。まだ烏鷺が異世界にいたころの――

その日、いつもよりも遠くに遊びに出た烏鷺は、初めて見る湖にたどり着き――美しい少女と出会った。

高い草の中に隠れて、少女は身を震わせていた。

どうしたんだお前と訊くと、少女は言った。

『急にみんながわたしを好きだと言うようになったの。だからとっても怖い』

烏鷺にはそれの何が怖いのかわからなかった。愛されてるならいいんじゃないの、と。

『だって、みんなが理由もなしにわたしを好きになるのよ。だったら理由もなしにいつか嫌いになるかもしれないじゃない』

怖いわ、怖いわ、と少女はついに泣き出した。

幼い烏鷺にはいまいち気持ちがわからなかったが、なるほど要は裏切られるのが怖いのか、と幼いなりに理解した。

だから、烏鷺は言ったのだ。

『じゃあさ、そいつらがもしあんたを裏切ったのなら——俺があんたを助けてやるよ』

その言葉に、姫は泣くのをやめて顔を上げた。

よしもう一声だ、と烏鷺は続けた。

『だからあんたは裏切られるまで安心して、そいつらに愛されておけばいい。あんたは俺が守るから』

きっと偶然出会った美少女に好かれたかったのだろう。でも、気持ちに嘘はなかった。

幼い烏鷺の言葉に少女は笑い、そして言った。

『本当に守ってくれるの？　なら、あなたをわたしの騎士に任命します』

烏鷺を自らの騎士に任じる、と少女は言った。

だが、あいにく叙任の儀式に使えるような剣はそこになかった。

だから代わりに、少女は頬にキスしてくれたのだ。

『これであなたはわたしのものですからね』

それは美しい騎士物語の始まりで——少女はまだ、そのストーリーの中にいる。

まだ騎士に救ってもらっていないから、物語は終わっていないと信じているのだ。

だから、いつまで経っても姫のまま——

「忘れてた……」

大人になってしまった烏鷺は呟き、レカの家の前で深く嘆息した。

星を見上げながら、大事なことを忘れていた自分の頬を張る。

つい先ほどまで、烏鷺はレカにキスしてもらったことをすっかり忘れていた。

五日前、レカが烏鷺の頬に噛みついたのは――思い出してと叫んでいたのだ。

『そこにキスをしてあげたでしょう、ねえ思い出して！　あなたはわたしの騎士でしょう⁉』

だが、その叫び声に、烏鷺は気づくことができなかった。騎士のくせに姫を救いにいかず、どころか責めた。

だから烏鷺は騎士としては失格で、いまさら姫に寄り添う資格はない。

だが、今の烏鷺は騎士ではない。

「担当官だよ……僕は」自分に言い聞かせる。

烏鷺は今一人の担当官で――相手は姫ではなくレカだ。

長らくためらっていたが、烏鷺は意を決して、レカの自宅へと入った。

暗い暗い部屋の中――レカはベッドのシーツに顔を埋めて泣いていた。この世界に絶望し、すべてを諦め――

「レカ」烏鷺はレカのそばに膝をつく。「ごめんね、レカ。僕は君の騎士だったのにすっかり忘れていたね。ああ、せっかく頬にキスしてもらったのに……忘れるなって話だね」

烏鷺の声が届いているのか、レカの泣き声がほんの少し弱まった。

「君のことを見た瞬間に、僕は気づくべきだった。君がかつて忠誠を誓った姫だと。そして涙ながらに愛をささやくべきだった。たとえ生きる世界が変わっても、私は姫を愛していますって。もちろん、君のことを責めたりもせず――それが、騎士物語の正しい終着点だ。だけど僕はそれができなかった。君に手を出そうとした逆賊じみた仲間たちの死を悼み、あろうことか、完全な被害者である君を責めた。ああ、最悪だね。騎士どころの話じゃない。美しい話が全部台無しだ――でもレカ、地球なんてこんなもんだよ」

烏鷺は続ける。

「永遠の愛を誓った二人が、新婚旅行の最中に別れるなんてよくあることだ。この世界、運命とかないから。規定されたストーリーがないから、ちょっと意志が弱くなったとたんに人と人の結びつきが終わる。それが姫と騎士であろうと特別はない。

始まりも終わりも、すべては人の意志次第。意志がなければ、あっけらかんと終わる。

――でも意志さえあれば、いつだってまた始められる」

レカ、と烏鷺は呼ぶ。もう姫ではない少女の名を。

「レカ、僕はもう騎士じゃない。世界に君との関係を定められていた騎士は、もうどこにもいない。騎士物語は、なんと騎士が姫を忘れるという最悪の結末を迎えて終わった。いつまでも『姫』にしがみついていたって、もう絶対誰も迎えになんてこない。終わったんだよ。

　ここにいる僕は、ただの山田烏鷺だ。劇的なんかじゃない、ただの山田さんだよ。――でも、僕は僕の意志で、また君と関わりたいと思ってる！

　君が姫だからじゃない。君がレカだからだ。僕は騎士を捨てる、君とまだ関わりたいから。だから君も姫を捨ててほしい！　姫だから僕に関わるんじゃなく、レカとして僕とまた話をしてほしい！」

　この子を絶対救うんだ、と強い意志を持って願う。

　もう、都合のいい運命はどこにもない。

　世界は人を結びつけてはくれない。

　意志だけが人の縁を保つ綱。

　だから強く、強く――

「烏鷺様……」

　レカは顔を上げ、真っ赤な目を烏鷺へと向けた。その小さな顔は涙に塗れ、声は死を間近にした羽虫のようにはかない――

「わたしを、そばに置いてくれるのですか……あなたの世界を台無しにしたわたしを……」

虚空をかくように、レカの手が泳ぐ。

岸を求めるように、姫の御手がさまよう。

「…………！」

その手を、烏鷺はぎゅっと握った。

今にも水になってこぼれ落ちてしまいそうな手を包み込む。

一度弾いてしまった手を、今度は絶対に――

「世界を台無しにしたって、何の話かな？　どこのおとぎ話のストーリーだろうね、それは」

烏鷺は優しく笑う。

「――夢でも、見ていたんじゃない？」

烏鷺の言葉に、レカの目からまた涙がこぼれた。

えっぐえっぐ、と幼い子供のように姫は泣く。

「……もう、烏鷺様に……会えないのかと……許してもらえないのがどぉぉ……」

「うん、ごめんね――うぉっと……」倒れ込むように抱きついてきた少女を受け止める。

よしよし、と頭を撫でて、傷つけてしまったただの少女を慰める――と。

レカが、下方からじっと烏鷺を見上げていた。

何かを、期待しているかのように。何かを、ねだっているかのように。

熱い視線が――「烏鷺様……この世界では騎士や姫になれないというのは、ええ、わかるのです。もうそういうのは終わりだと……でも終わるなら終わるで、ちゃんとけじめをつけるべきではありませんか？　……ええ、そういう行為で」

「…………」

もしや、と烏鷺は思う。

これは、キスをねだられているのだろうか。

いやでも、担当している元英雄にそんなことをするのは職業倫理上許されることでは――いや、緊急事態だし、超法規的判断を適用するべきだろうか？

まて、頬ならどうだろう、と烏鷺は代案を脳内議会に提出した。頬にならもう二度もキスされているし――いや、やはりされるのとするのは違う。却下。

そうして逡巡《しゅんじゅん》を続け、烏鷺が導きだした結論は――姫の御手へのキスだった。

白い手を取り、その甲に口づけて、騎士だったころのようにふるまう。

英雄的行為の、最後の一つ。

「……烏鷺様、ひよりましたわね？」

「何のこと？」

しれっととぼけると、姫は仕方がないですね、とでも言うように笑った。

「唇へのキスはいつかにとっておくとしましょう」

3

「姫だー！」「お姫様かわいー！」「姫様こっち向いてー！　チューさせてー！」

研修施設に到着した瞬間、砂糖に群がる蟻のように、二十数名の元英雄たちは殺到してきた。小さなレカを取り囲み、抱きしめたり頬ずりしたりやりたい放題。

彼女たちはレカの顔が涙に塗れていることに気づくと、よーし、じゃあまずはみんなでお風呂に入りましょうねー、と勝手に決めて、レカの両手をがっちりホールド。そのまま浴場へと元姫を引きずっていく。

「……元英雄ってのはパワフルだなあ」烏鷺はその背を見送り、げんなりと呟いた。

さてまずは管理者に挨拶《あいさつ》にいかなくては、と管理室へ——と。

「——ようやく出てきたようですね。あなたも、レカさんも」

「眼鏡!?」声に振り向くと、そこにいたのは烏鷺の同僚、眼鏡であった。「研修期間中の管理者、君なの……？」

「当たり前です。私以外の誰がいるというのですか。こんなシャッターチャンスの宝庫に私が来ないわけがないでしょうに。開催概要を聞いた瞬間に一年ぶりの外出を決意しましたね。ここで行かなきゃ嘘だ、と。

麗しの元英雄たちを撮影し、まあついでにあなたの辛気くさい面も激写してやろうと思っていたのですが——」

眼鏡はにやりと笑う。

「憑《つ》き物《もの》が落ちたような顔をしているではありませんか。まったく、残念です」

「ああ」烏鷺は頷いた。「カロンに落としてもらったよ。ありがとう眼鏡」

カロンを送り込んでくれたのは、間違いなく眼鏡だろう。なんだかんだで、この同僚はいつも味方についてくれる。元英雄と、元英雄を助けようとする者を補助してくれる。

目を覆いたくなるような幼年時代をおとぎ話の英雄譚に救われたという眼鏡は、その恩返しとして、どんなときでも元英雄たちの側につく。

青い理想をもった眼鏡は誰より子供で、それ故、誰より大人だ。

「本来なら酒でも飲みたい夜ではありますが——烏鷺さん、ちょっとお話があります。レカさんについて」

「レカのこと？　ああ、前調べるように頼んだアリスとの関係？　何かわかった？」

「それも含めて……ええ、レカさんにはちょっといろいろあるようでして。隘路さんにも手伝ってもらって疑問をまとめてもらいました。図書室まで来てください」

「うん?」

訳がわからなかったが、とりあえず眼鏡とともに図書室に向かうと、そこにはすでに隘路が待機していた。

ホワイトボードの前に立った元魔女はおほん、と咳をして話す。

「やっと私の活躍の番が来たか……烏鷺君すぐあの勢いだけの主人公になびくからなあ……。うん、やっぱり元魔女は頭で勝負しないとね。――というわけで、レカさんと、そして烏鷺君に関する疑問について私からプレゼンさせてもらうよ!」

「僕に関する疑問? 僕のことは別に――」

「いや、今回の件にも関係している話だ。まあ聞きなよ。

烏鷺君、キミどうして自分が三名続けて高難度の元英雄を担当させられたと思う? 『主人公』、魔女型の『贈与者』、傾国型の『マクガフィン』――こんなに希少種ばかり続くのはおかしいと思わなかった?」

「疑問はなかったわけじゃないけど、でも困難って続くときは続くなーくらいで流してたよ。一介の担当官がそんなこと考えても仕方がないし」

「流しちゃだめだよ烏鷺君! もっと現状に疑問を持ちなよ! キミ、どう考えても狙《ねら》い撃《う》ちされてるぞ！」

　隘路は続ける。

「『主人公』、『魔女』と続くまではまだいいさ。でも次のレカさんは『傾国』で、しかもなんと、烏鷺君と同じ世界から戻ってきている因縁の相手。そんな二人が担当官と元英雄として再会——ってどんな確率だよそれは！　絶対に、何者かが明確な意志を持って烏鷺君に困難を与えたんだ！」

「……なるほど、僕も嫌われたものだね。でもその誰かさんはどうしてそこまでしつこく僕をいじめる？　迷惑極まりないな」

「私が思うに、これは何者かが用意した、烏鷺君の成長プロジェクトなんじゃないかな」

「僕の……？」

「うん。そう考えるとすべてがしっくり収まるんだ。——山田烏鷺、元英雄という特異な経歴を持つ担当官。実績は少しずつ積んでいるけど、どこか危うく不安定。

　そんな烏鷺君を成長させる荒療治……それがカロンで、私で、レカさんだ。特に仇《かたき》であるレカさんを許すことができれば、キミは真の意味で元いた世界から解放され劇的な成長が望める。みんな烏鷺君のために用意されたんだ。ああ、キミのことしか考えてないんだ、黒幕さんは」

「じゃあ、今の話をまとめると……」

烏鷺は言う。

「その黒幕は、カロンと隘路、レカが順次地球に帰ってくるように各世界と交渉しながら、退役英雄日常回帰補助機関にも影響を及ぼして、僕の担当する元英雄を決定し――でもまさか、そんなことができる人なんて……そんな人……」

……いるなあ、と烏鷺は頭を抱えたくなった。

「いるんですよね、それが……」眼鏡もそれに気づいているようだった。

「なんだよ、だれだれ？　二人で納得するなよ」

隘路だけは不思議そうにきょろきょろしていたが、とりあえず放置。

すべての条件が、黒幕が誰であるかを示していた。

あの人なら、それができる。

『アリス』の称号を持つあの人ならば。

あまたの世界を巡る退役英雄回収者、次元をまたぐ越境者。

そこが不思議の国でも鏡の国でもあの人ならば行き来は自在。フランス支部の『ジャバヴォッキー』も、アラブ支部の『トゥイードゥルディー』も退役英雄回収者として超一流なのだが、アリスと比すればその回収実績は半分以下だ。

――称号持ちの中でもなお突出している大怪物。

どの世界にも顔の利くあの人ならば、この規模の企みだって可能だろう。

なぜ、あの人は——

と、眼鏡にぽんと肩を叩かれる。

「……アリス師関係のことですし、あなたとしては気になるところでしょうが、ここでいったんこの話題について考えるのを中断してください。いいですか、ここまでの話の目的は、あなたの周りはきなくさいという事実を共有することにありました」

眼鏡は続ける。

「——そして烏鷺さん、ここからが本題なのですが……今日の昼ごろ、レカさんの特別研修が決定しました。まだ伏せられていますがたしかな筋からの情報です」

「バカな⁉　こんなすぐに特別研修が決まるほどマイナス評価はついてないはずだ！　悪くたってまだ検討段階のはずだ！　クラスを荒らしただけだぞ⁉」

「おそらく本部でも、レカさんと烏鷺さんが組むことに関して疑問を抱いていた職員がいるのでしょう……それくらいあり得ない事態なんですよ、同じ世界から来た元英雄同士を組ませるなんて。しかもアリス師まで絡んでいますから、早めに対処しようという意図があるのでしょう。あのお方は敵も多いですから……。

私だって特別研修と聞いたときは耳を疑いましたよ。ですから、急いでカロンちゃんにあなたを連れ出してもらったのです。本当だったらもっとゆっくりやる予定でした」

「なんだそれ……！」

「諦めないでください、まだ希望はあります。早くにこの決定を知れたのは幸運でした。良心ある職員のリークのおかげですよ。明日には行確がレカさんを確保にくるでしょうが、それまで作戦を練ることができます。

——烏鷺さん、何としても一度だけ、明日だけ行確を追い返してください。その間に私が根回しをして、レカさんの評価を覆します。審議を経てないであろう強引な決定ですから覆せる可能性は十分あるはずです」

「行確を追い返すって、どうやって？　あいつら軍用犬よりしつこいぞ」

「私には正直、名案が浮かびません……こういう知恵は烏鷺さんのほうが回るかと……」

「丸投げか……」烏鷺は乾いた笑いを漏らす。

——いっそ逃避行でもやってみるか？

傾国美姫と忠義の騎士の逃避行——英雄譚のクライマックス。

ディアミッド、ノイシュ、ランスロット、トリスタン。姫と逃げた彼らにならって、僕も果てまで逃げてやろうか——いや、と烏鷺は首を振る。

地球はそんな逃走を許すほど適当ではない。すぐ捕まってレカのマイナス評価がさらに増すのが落ちだ。

どうする……どうする……。はやる心を抑えながら何かないかと考えるが、そう簡単に天啓など舞い降りてはこない。

もしもこれがお話なら、ハッピーエンドに直結するような閃きが、今この瞬間に訪れるのに
――

危機に直面すると、改めて地球のつまらなさがよくわかる。

――なんて、正義に都合のよくない世界……！

と、

「――話は聞かせてもらいましたよ！」

バーン！　と音をたてて開くドア。

威風堂々部屋へと踏み込んできたのは、右手に盗聴用のコップを持ったカロンだった。

「魔女さんと図書室こもってなーにしてんでしょうねえ、と思って盗聴かましてたらもーシリアスもシリアスモードではありませんか！　まあ陰謀的なお話はまったく全然わかりませんでしたが！　つまりはレカさんがピンチでさらわれそうだということですね！　超燃えるシチュエーションじゃないですか！　もうこれ守るしかありませんよ！」

烏鷺は自分の担当していた元英雄のアホっぷりに頭を抱えた。

「コップで盗聴って……こすい手を……――とにかくカロン、これは大人の問題だ。問題を起こしたら、君だって特別研修に送られかねない。子供は引っ込んでろ。久々にこのセリフを言うけど――君はもう、英雄じゃないんだ」

「英雄？　なーにを言っているんでしょうねえ、烏鷺は」

やれやれ、とカロンは演技がかった様子で首を振る。

「英雄じゃなくて、友達として レカさんを救うんですよ。――友達を助けるのは、当たり前のことでしょう？」

「――……カロンは……本当に」理屈なんてまったく通っていなかったのに、なんだか妙に納得させられてしまった。

そうだな、友達は助けるものだな、と。

「烏鷺君、この主人公はもう完全にやる気だ。それに――」隘路は言う。「私だって思いは同じだよ。せっかくこの研修施設にいっしょにいるんだ、もう仲間だよ。絶対に渡したりしたくない。みんなも協力してくれるはずだ。――友達として」

「……隘路も、ずいぶん強気になったなあ」烏鷺はふふ、と笑う。「言葉だけは頼もしい」

もう英雄ではない少女が何人いたって役に立つわけでもないのに、側にいてくれるだけで、どうしてこんなに安心感があるのだろう。

――英雄とは意志のこと。

いつかカロンが言ったあの言葉が、不意に耳の奥で響いた。

あれは案外、当たっているのかもしれない。

「ありがとうね、カロン、隘路。側にいてくれると心強いよ。でも絶対に君たちを危険な目に遭わせたりはしない。それが大前提で――大人の役目だ」

4

翌日の午後、招かざる客はやってきた。三名の行確たちが元英雄たちの集った研修施設を訪れた。

バーベキューの準備をしていた烏鷺たちは、中庭でその三名と対峙する。

「山田烏鷺担当官。突然のことではありますが、あなたの担当している退役英雄叶レカの、特別研修が決定いたしました。速やかに彼女を移動させる必要がありますので手続きにご協力いただきたい」

今回の連行の責任者である藤堂孝治《とうどうこうじ》は、あくまで穏やかにそう言った。

それに対して烏鷺は――

「いや、誰ですかあなたたち？　どこの誰？」きょとんと、首を傾げた。

「おや」藤堂はおかしそうに笑いながら、ＩＤカードを取り出す。「面識はあったと思いますが、忘れてしまわれましたか？　退役英雄日常回帰補助機関所属、素行審査官藤堂孝治です。退役英雄叶レカの引き取りに来ました」

「だから、え、何？」

「ですから」呆れたように藤堂。「異世界の英雄叶レカは、この世界に不適合だと判断されましたので、私たちが連行します。——まさかふざけていらっしゃいますか？」

「いや、本当に意味がわからないんですが、なんですかその英雄がどうとかの脳内設定」

「山田烏鷺担当官、やはりあなたふざけて——」と、藤堂は言葉を止める。「烏鷺担当官、あなたもしや……このシーン録画してますね」

「さすが藤堂審査官、察しがいいね」烏鷺は笑う。「記録してるよ。もし藤堂さんがレカを連行するため実力行使に出たら、そのシーンと合わせて、即座にこの映像を世界中に配信する。大騒ぎになるよ。英雄がどうとか脳内設定をまじめに語るおっさんが、少女たちに暴力を振るって一人を誘拐——警察なんかの介入は握りつぶせても、多数の人間が憤って協力してくれるはず。——秘匿を第一義としているうちとしては少々困ったことになると思うけど？」

「烏鷺担当官、それは脅迫と受け取ってよろしいか」藤堂の声から感情が消える。

「そのとおり、脅迫だよ。――藤堂さん、一度引き返してくれません？『山田烏鷺担当官が暴走し、組織そのものを危機にさらすような脅迫を突きつけてきたため、現場判断を超えた事態だと判断し』――とかなんとか理由をつけて」

飄々とした口調で撤退を促す烏鷺ではあるが、その内心はひどく切迫していた。

穴だらけの作戦であることはわかってる、こんなのただのはったりだ。

それにここで行確を退けても、レカの評価が本当に覆るかはわからない。

だが――

――やってやる……。

人生なんて死ぬまでの撤退戦だ。どんな手を使ってでも、レカといっしょに逃げきってやる。

とにかくここは一度引いてくれ――！　強く強く願いながら、藤堂と対峙する。

「一時撤退が、賢明でしょうね」藤堂は苦々しそうに言った。「脅迫どおりの行為が実行された場合、うちの歴史そのものが脅かされかねない。たしかに現場判断を超えている」

「――――」烏鷺は内心拳を握る。これで時間を稼げる――だが。

「でもね、山田烏鷺担当官」藤堂は続けた。「私にはそんなことは関係ないんですよ」

「…………ッ！」

「我々の職務は社会を乱す可能性のある退役英雄を引き取ること、それだけです。それが我らの誇りです。小難しいことを考えるのは、上に任せます。――そういうわけですので」

三名の空気ががらりと変わる。

「……そうなるか」

烏鷺も拳を上げて、応戦の姿勢を取る。最悪の事態だ、と歯噛みした。

もしもここでこの三名を撃退できても、その先は――いやそれ以前に、と烏鷺は思う。

――藤堂には勝てない……

目算で十キロ、向こうのほうが重い。

英雄譚ならどんな不利も意志の力で覆せるが、この地球では、十キロ程度の差が絶望的だ。

それぐらい、厳密なのだ地球は。

でもやるしかない。

「かかってこいってんですよおらー！」肉をつかむトングを掲げ、カロンが叫ぶ。

ほかの元英雄たちも、ハサミや包丁、熱した炭を包んだアルミホイルなどを持って、行確を威嚇していた。

当のレカはわたしのために争わないでと慌てていたが、血気盛んな元英雄たちがそんな声に耳を傾けるはずもない。

「…………」

絶望的な戦いだが、それでもやるしかないのだ。

子供の前に立つこと、それが大人の役目なのだから。

「……本当に、この地球ってのはつまらないな。最悪だ。こんないい子たちを危険にさらしやがって、最悪につまらない世界だちくしょう……！」

烏鷺はこの世界への怒りを込めてそう言った。

そして叫ぶ。

「でも絶対レカは渡さない!!」

もう逃げない――決意を込めて走り出した。

「――――――――！」

声にならない声を上げ、確定的な敗北に向かって走り――

「――おちびちゃん、あなたちょっと間違えているわよ」

何が起こったのかわからなかった。

「――たしかに地球は最悪につまらないわね。勝つ理由がどれだけあっても勝たせてくれないのですもの」

藤堂と、その他二名の行確が、一瞬で地に伏していて――

「――でもね、それでも死力をつくしてがんばり続ければ」

金髪碧眼《きんぱつへきがん》の女が一人――

「――ときどき、ご褒美みたいなご都合主義が訪れる。私それ、ちゃんと教えたはずよ？」

藤堂の背に座ったアリスは、いたずらをする少女のように笑った。

「地球って案外おもしろいのよ？」

5

「上位権限者アリスの判断によってレカの特別研修送りは撤回――ってなんだそれ。なんてふざけたデウス・エクス・マキナ……。僕の努力が無駄だ。それができるんなら、もっと早くやりなよ」

烏鷺は少々やさぐれぎみにそう言って、眼下の海に石を投げた。

「あらあら。おちびちゃんの活躍を見たかったということの親心がわからない？」

「僕が苦しむ様を見て楽しんでたんだろ……」

「否定はできないわねえ」

「否定してくれないかなあ……」

丘の縁に並んで座る二人の会話は弾まず、手持ち無沙汰な烏鷺はもう一つ石を投げた。

「──おちびちゃん、今回の件について訊きたい？」

「別に。だいたいわかってる。要は僕を鞭《むち》打つための試練だったわけでしょ？」

「あらあら、おちびちゃんも聡《さと》くなって。それとも眼鏡君あたりからの入れ知恵かしらねえ。でもレカのためでもあったのよ。地球に帰るならあなたに会いたいと泣くのですもの。利害が一致したというわけ。──それで、烏鷺」

アリスは声音を変えた。低く、男のような声──

「学んだか？」

「そりゃあ、あれだけいろいろあったらね」烏鷺は言う。「英雄だったころみたいにふるまったって、誰も、何一つ助けることはできない。拳を握って、剣を握ったところで、何も――この世界で強くあるには、めんどくさいことを地道にクリアしていくしかない。英雄を気取っても何もできない……痛いほど思い知らされた」

でも――

「――でも、英雄じみた強い意志がなきゃ、この世界で進んでいくことはできない。誰もついてきてはくれない。それもわかった」

淡々と日々をこなしながら、それでもずっと思いを捨てず、光を示す。

それが、もう英雄ではない烏鷺に打てる最善手。それだけが――

フッとアリスは笑う。

「やっと、私の手を離れたか。手のかかるガキだったよ、お前は」

「はいはい、ごめんね。申し訳ありませんでした。以後このよーなことがないよう再発防止に努めて参りますので何卒よろしくどーぞ。――それより、壮大な僕矯正計画は終わったわけだし、アリスは今後ずっとこっちにいるの？」

平静を装って訊いたが、少々声が震えてしまった。

「――いや、いられないんだ」アリスはそう言って、金髪をかき上げた。

「それは……？」

アリスのうなじには、黒々とした斑模様《まだらもよう》が浮かび上がっていた。タトゥーにしては、あまりにも禍々しい――

「間を空けずにお前とレカを強引に連れ出したものだから、あの世界に恨みを買ってしまってね。端的に言って、呪われた。解呪の方法を探しながら逃げ回っている最中だよ、今も」

「そんな……」

「まあ、なんとかするさ。私を誰だと思っている。だがまあ、地球に来るのはこれが最後だろうさ。やり残したことも終わったしな。

――それじゃあ、いくわねおちびちゃん。死ぬその日まで元気でね」

「え、あ？」

今生《こんじょう》の別れだというのに、アリスはあっさりしていた。烏鷺の頭を一撫でして立ち上がり、振り向きもせず歩き去る。ちょっとコンビニにでも向かうみたいに。

「…………」

その背を啞然と見送りながら、烏鷺は思う。

――これぐらいあっさりなのが、ちょうどいいのかも。

いつまでもアリスに依存するわけにはいかない。

担当官をいつまでも想ったままでは、この先成長なんて望めない。

鳥鷺なんかいないほうがアリスだって身軽に生きられるし、だからここで互いに互いを切り捨てるべきで——と。

不意に、鳥鷺の脳裏に、昨夜の記憶が再生される。

レカとの会話。

外に連れ出されたレカは、集合研修施設へと向かう道中、鳥鷺を叱ったのだ。

『鳥鷺様、お迎えに来てくださって、本当にありがとうございます……ええ、本当に嬉しいです。でも、わたしは一つ鳥鷺様にお説教をしなくてはいけません。

鳥鷺様、自分の昔の仲間を悪く言ってはいけませんわ！　逆賊だなんて、そんなひどいこと！　めっ！　反省なさい！

大事なものを貶《おとし》めることで示される愛なんて、わたしは望んでいません。棄てることは、変化ではありません。たとえ少しの間でも共に過ごしたものは、大切に、胸の中に入れておかなくてはなりません。

——だって、それは鳥鷺様の一部でしょう』

「————アリス‼」

烏鷺は叫び、走り出していた。

レカの手を握ったときと同じくらいの決意を持って、アリスの手をぎゅっとつかむ。

「一人でいくな。僕もいく」

「何を言っている。担当官との別れが惜しくなったか？　いつまで私に依存しているつもりだ」

「違う、依存なんてしてない。依存する必要なんてない。僕の中にはすでにアリスがしっかり根付いていいるんだから、いまさらあなたに寄りかかる必要なんてない。いつだっていっしょなんだから、あなたを求める必要なんてないいんだよ。これはだから、一人の人間としての僕の意志だ。

――アリス、あなたは僕が助ける」

「お前に何ができる」

「何もできないけど、何かをできるようになるために進んでいける」

「愚かなことを言うな」

「嫌だよ。愚かなことを言えない人生なんてつまらなすぎる」

アリスの目を、真っ正面からのぞき込む。

師の碧い瞳《ひとみ》と対峙する。

この師は、最強だ。

力も技も頭も——どこにも烏鷺に勝てる要素はない。

だけどたった一つだけ。

——この意志だけは、絶対に。

だから、引くつもりはなかった。

一度も勝てたことのない師が相手でも、今だけは、絶対に——————！

向かい合う碧い瞳と黒い瞳は、合わせ鏡のように無限に互いを映し——

「……まったく」先に目をそらしたのはアリスだった。「わがまま放題言いおって……」

「あはは、アリスに勝った。世界に名だたる『アリス』も僕ごときに負けるようじゃ——って、え……？」動揺した。

アリスが、烏鷺の背に腕を回していたからだ。

あの無敵のアリスが、まるですがるように——

「——ありがとうおちびちゃん。なら、私を助けてね」

「————」

筋肉質な体の感触に、烏鷺はアリスと出会った日のことを思い出した。

地球に戻ったその日。

『お前はもう英雄ではない』と説教してくるアリスが気にくわず、烏鷺は真っ正面からこの怪物に襲いかかって――完膚無きまでに叩きのめされた。

アリスはぼろぞうきんのようになった烏鷺を持ち上げ、その体を抱きしめた。

『私がお前に別の強さを教えてやる。別の生き方を、一から教えてやろう。地味で、窮屈で、つらい道だが――進み続けていれば、いつか笑えるような幸運が訪れる。なかなかに悪くない。この地球には、英雄なんていないんだ。

――だから、誰もが進む茨《いばら》の道を共に歩もう』

英雄がいないだなんて嘘だ、と烏鷺は思った。

だって、目の前のこの人は間違いなく英雄だ。

絶対的で、

圧倒的で、

――なんだかとてもつらそうで。

そのとき、烏鷺は思ったのだ。

地球でたった一人の英雄で、一人ぼっちなこの人を、

『英雄』から解き放ってあげたいと。

その運命を解体してあげたいと――！

「助けるよ……必ず」烏鷺も、アリスの背に腕を回した。

長い、長い抱擁。

絶対的な存在だったアリスの口から発せられた救援要請――それは、烏鷺にとっては何より誇らしい勲章だった。

「じゃあ今はまず、あの子たちと楽しみなさいな。あとで暗号化した手がかりを送るから、気が向いたら追いかけてきて」

アリスはそう言ってさっさと腕を解くと、祝勝の焼き肉パーティーをしているカロンたちのほうを指さした。

「野菜もちゃんと食べなさいね、おちびちゃん、あなた肉しか食べないいんだから。思い出すわね、若いのにコレステロール値が高すぎるって健康診断でひっかかって」

「今はむしろ野菜のほうが好きだよ……」

烏鷺はばつが悪そうに笑い、元英雄たちのほうへと歩き出した。

とりあえず、と烏鷺は思う。

――どうせ暴飲暴食しているあの子たちを叱ってやらないと。

◉主要参考資料

・**『昔話の形態学』**
ウラジーミル・プロップ 著／北岡誠司、福田美智代 訳（水声社）

・**『キャラクターメーカー　6つの理論とワークショップで学ぶ「つくり方」』**
大塚英志（星海社）

・**『ストーリーメーカー　創作のための物語論』**
大塚英志（星海社）

・**『神話の力』**
ジョーゼフ・キャンベル、ビル・モイヤーズ 著／飛田茂雄 訳（早川書房）

・**『千の顔をもつ英雄〔新訳版〕上・下』**
ジョーゼフ・キャンベル 著／倉田真木、斎藤静代、関根光宏 訳（早川書房）

・この他にも様々な資料や物語を参照しました。

・作中の英雄や英雄譚に関する理論は資料を元に考案したものであり、作者のオリジナルではありません。学恩に感謝致します。

◉引用

ｐ100～101の太字の部分は、

『魔女狩り』ジャン・ミシェル・サルマン 著／富樫瓔子訳（創元社）ｐ184から引用しました。

電子雑誌『BOX-AiR』掲載原稿を加筆修正。

著者紹介

小山恭平《おやまきょうへい》

小説家。2014年に『「英雄」解体』で第25回BOX-AiR新人賞を受賞。2015年、「秘蹟商会」で第９回小学館ライトノベル大賞審査員特別賞を受賞。同作を『飽くなき欲の秘蹟』と改題して、デビュー。２つの新人賞を受賞したライトノベル界注目の新星。

Illustration

風乃《かぜの》

「BOX-AiRアニメイラストコンテスト2013」にてスターチャイルド賞とAiR賞を受賞。ゲーム作品を中心に多くのイラストを手がける。

講談社BOX

KODANSHA BOX

「英雄《えいゆう》」解体《かいたい》

定価はカバーに表示してあります

2016年11月21日 第1刷発行

著者 ── 小山恭平《おやまきょうへい》

発行者 ─ 鈴木　哲

発行所 ─ 株式会社講談社
東京都文京区音羽2-12-21　郵便番号 112-8001
編集 03-5395-4114
販売 03-5395-5817
業務 03-5395-3615

印刷所 ─ 凸版印刷株式会社

製本所 ─ 株式会社国宝社

ISBN978-4-06-220362-3　N.D.C.913　230p　19cm